ACHMET

OU

L'AMBITION MATERNELLE,

MÉLODRAME EN TROIS ACTES,

A GRAND SPECTACLE;

Par MM. Hubert et Louis;

Musique de M. Alexandre; Ballets de M. Hullin.

Représenté, pour la première fois, sur le Théâtre de la Gaîté, le 10 Décembre 1811.

DE L'IMPRIMERIE D'ÉVERAT, RUE St.-SAUVEUR, N°. 41.

PARIS,

CHEZ BARBA, LIBRAIRE, PALAIS-ROYAL,

DERRIÈRE LE THÉATRE FRANÇAIS, N°. 51.

1811.

PERSONNAGES.   ACTEURS.

AMURAT...........................M. FERDINAND.

ACHMET, Fils d'Amurat............M. MARTY.

ZÉNIDE, Epouse d'Achmet..........Mlle. HUGENS.

ZULIMA, Sultane..................Mlle. BOURGEOIS.

FATIME...........................Mlle. EMILIE HUGENS.

IBRAHIM, Gourverneur des Prisons du
    Sérail.......................M. DARCOURT.

ORCAN, Chef des Bostangis........M. TAUTIN.

OMAR, Père de Fatime.............M. GENEST.

OSMAN, vieil Amant de Fatime.....M. PASCAL.

AZOF, Amant de Fatime............Mlle. RÉVALARD.

USBECK, Serviteur de Zénide......M. MICHOT.

ARON, Marchand d'Esclaves........M. DUMÉNIS.

ALI, Bostangis...................M. CAMEL.

NADIR, Bostangis.................M. BASNAGE.

Un Esclave.......................M. BON.

Paysans et Paysannes.

Janissaires.

Bostangis.

Une Caravanne.

Le premier Acte se passe dans un village situé sur les bords du canal de Constantinople ; les deux derniers dans les prisons du Sérail.

ACHMET

OU

L'AMBITION MATERNELLE,

MÉLODRAME.

ACTE PREMIER.

(Le Théâtre représente un Hameau de pêcheurs, sur les bords du canal de Constantinople. On aperçoit dans le lointain les murs du Sérail, baignés par les eaux du canal. Sur le côté de la scène, on voit plusieurs Maisons, entre autres celle d'Omar; elle sera plus apparente que les autres; du côté opposé, des arbres, des sièges et des tables.)

SCENE PREMIERE.

(Les Villageois occupés à ranger des tables; un siège plus élevé que les autres.)

OSMAN, AZOF.

OSMAN, *après avoir donné un coup-d'œil à l'ouvrage des Villageois.*

C'EST bien ! c'est à merveille ! le Chérif Omar, en sortant de sa maison, va jouir d'une surprise agréable. Il verra les apprêts de cette fête, que je viens d'ordonner pour célébrer mes noces avec sa fille. Cette galanterie le rendra, je l'espère, un peu moins difficile sur le marché. Il aime l'argent, le cher Omar, et de tous les usages tolérés par le saint-Prophète, celui qui autorise un père à se faire payer par son gendre la préférence qu'il lui donne sur ses rivaux, est précisément celui qu'il observe le plus scrupuleusement; mais voyons...

(Il s'approche des tables, indiquant ce qui reste à faire.)

AZOF, *sur le devant de la scène.*

O ma chère Fatime ! comment t'apprendre le malheur affreux qui nous menace ! (*Il fixe la maison d'Omar avec inquiétude.*) C'est là qu'elle habite; tâchons d'arriver jusqu'à elle. (*Il s'approche de la maison.*) Je crains de me trahir.

OSMAN.

Oui, c'est on ne peut pas mieux. Ces tables chargées de fruits et de fleurs, ce siège plus élevé que les autres, est pour la jeune et belle Fatime et pour moi; de-là nous recevrons vos hommages... Ce sera charmant.

AZOF, *toujours occupé autour de la maison d'Omar, désignant Osman.*

Quand je pense que voilà mon rival !..

OSMAN.

Actuellement, mes amis, retirez-vous, et au signe convenu... vous m'entendez.

(Les Villageois se retirent.)

AZOF.

Il mériteroit bien qu'on lui fît payer les violons pour faire danser les autres.

OSMAN.

Entrons chez Omar, et pressons la signature du contrat. (*à Azof qu'il surprend.*) Que fais-tu là, jeune homme?

AZOF, *avec humeur.*

Vous le voyez bien.

OSMAN, *en riant.*

J'entends; tu rodes autour de la maison comme un chasseur autour d'une garenne. Pauvre garçon! je te plains.

AZOF.

Grand merci.

OSMAN.

Apprends qu'on ne doit pas se mettre sur les rangs, pour épouser une jeune fille telle que Fatime, quand on n'est pas plus riche que toi. Adieu.

(Il entre chez Omar.)

SCENE II.

AZOF, *seul.*

Maudit vieillard! pauvre Fatime! Faisons sentinelle, et saisissons le premier moment favorable pour lui parler. On vient... allons du côté du jardin, elle y viendra peut-être.

(Il se retire.)

SCENE III.

ZÉNIDE · USBECK.

(Zénide, en habits d'homme, arrive conduite par Usbeck; elle est fatiguée, abattue, marchant avec peine.)

USBECK, *après avoir fait asseoir Zénide sur un banc.*

Je bénis le hasard qui a dirigé vos pas vers ce hameau. Oui, ma chère maîtresse, c'est ici, sur les bords rians du canal de Constantinople, dans les lieux qui l'ont vu naître, que votre vieux et fidèle serviteur, comblé de vos bienfaits, est venu se fixer pour y terminer paisiblement sa carrière.

ZÉNIDE.

Ah! mon cher Usbeck, qui l'eût prévu que ces beaux jours dont tu as été témoin, seroient d'une aussi courte durée! Autant tu m'as vue heureuse, autant tu me retrouves infortunée.

USBECK.

Et qui pourtant plus que vous et Achmet, votre époux, méritoient jamais de jouir d'une félicité durable! Mais ne vous laissez point abattre sous le poids de l'adversité... Tout espoir n'est point encore perdu, et si vos premières recherches dans cette immense capitale ont été infructueuses, nous réussirons mieux sans doute dans celles que nous allons entreprendre ensemble.

ZÉNIDE.

Tu ignores encore tous les détails de cette cruelle catastrophe et tout l'excès de mon malheur. Je vais te les faire connoître, et tu jugeras ensuite si cet espoir consolant, dont tu veux me flatter, peut entrer dans mon cœur. (*Elle se lève.*)

Peu de tems après ton départ, le père d'Achmet expira dans mes bras, en bénissant notre union pour la seconde fois. Nous quittâmes Smyrne, et nous allâmes habiter la campagne qu'il nous avoit laissée. Nos regrets de la perte de ce digne vieillard avoit jusques-là été le seul chagrin que nous eussions éprouvé....

USBECK.

Ces regrets étoient justes : Abdérame fut le meilleur des pères.

ZÉNIDE.

Tu sais que, parmi ses esclaves, Abdérame en avoit un qu'il honoroit de la confiance la plus intime...

USBECK.

C'étoit Abdoul, il m'en souvient.

ZÉNIDE.

Cet Abdoul étoit un traître. Depuis no re séjour à la campagne, il avoit, sous divers prétextes, fait de fréquens voyages à la ville. Achmet en conçut des soupçons, et le fit suivre. Un matin, on le vit sortir de chez le Calife, et, le soir du même jour, notre habitation fut investie par des soldats, mon époux arraché de mes bras et traîné dans les prisons de Smyrne.

USBECK.

Quel crime pouvoit-on lui imputer ?

ZÉNIDE.

Après trois jours de sollicitations, j'obtins une audience du Calife. Je me jetai à ses pieds, j'implorai sa justice ; mais comment exprimer mon indignation, quand j'entendis ces paroles sortir de sa bouche : « Achmet, lié avec les ennemis de l'État et » de notre sainte Religion, a secrètement pris part aux dernières » révoltes ; sa trahison a été découverte, et je l'ai envoyé à Cons- » tantinople où il recevra la punition de ses lâches complots ».

USBECK.

Infortuné Achmet !

ZÉNIDE.

Attérée par la nouvelle de son départ, n'espérant plus rien du Calife, puisqu'il avoit effectué sa translation, je vole sur ses traces, sans autre guide que ma douleur. L'amour précipite mes pas, le désespoir les égare ; enfin, après une marche pénible, j'arrive à Constantinople ; depuis deux jours, j'erre dans tous les quartiers de la ville ; j'interroge tout le monde, personne ne peut me donner des nouvelles de mon malheureux époux. Gémit-il encore dans les fers, ou a-t-il cessé d'exister ? Sans guide, sans asile, où dois-je porter mes pas ? quel appui implorer en faveur de l'innocence opprimée ?

USBECK.

Cette cabane sera votre asile, et le Dieu de Mahomet, votre
protecteur. Calmez-vous, Madame, j'ai encore des amis à Constantinople ; et les obstacles que votre sexe et votre inexpérience
n'ont pu vaincre, nous saurons les surmonter.

(Osman se dispute avec Omar dans la maison.)

ZÉNIDE.

Quel bruit dans cette maison !...

USBECK.

C'est celle du Chérif. Je gage que ce vieil avare se dispute pour
quelque somme d'argent. Entrez dans ma demeure et tâchez de
prendre un moment de repos.

(Il la conduit jusqu'à la porte de sa chaumière ; il marche assez lentement
pour laisser aux interlocuteurs le temps d'entrer.)

SCENE IV.

OSMAN, OMAR, *sortant de la maison*, AZOF, USBECK.

OMAR.

Je vous dis que vous ne l'aurez pas à moins.

OSMAN.

Mille sequins pour une femme ! N'est-ce pas un prix raisonnable ?

OMAR.

Mais que vois-je ? Pour qui tous ces apprêts ?

OSMAN.

Pour ma noce : cette galanterie vaut déjà quelque chose.

OMAR.

Vous consentez donc à me payer les deux mille sequins.

OSMAN.

Pas tout à fait... Tenez, j'aperçois Usbeck, prenons le pour
arbitre.

OMAR.

Volontiers. (*Il appelle Usbeck.*)

USBECK *revient après avoir fait entrer Zénide.*

Plaît-il, Seigneur Chérif. (*à Zénide.*) Je ne tarderai pas à vous
rejoindre.

AZOF.

Voici le moment que j'ai tant désiré. Entrons.

(Il entre furtivement dans la maison d'Omar.)

OMAR.

Vous connoissez ma jeune et jolie Fatime ?

USBECK.

Eh bien !

OMAR.

Osman me la demande en mariage.

USBECK.

Pour qui ?

OSMAN.

Parbleu, la question est bonne ! c'est pour moi.

USBECK, *riant aux éclats.*

Pour toi !

OSMAN.

Oui, que trouves-tu donc là de si extraordinaire ?

USBECK.

Je te le dirai le lendemain de tes noces.

OSMAN.

Là, y a-t-il de la conscience ?

OMAR.

Je n'en démordrai pas.

OSMAN.

Devez-vous être aussi tenace pour la dernière de vos filles, que vous l'avez été pour les quatre aînées : vous les avez assez bien vendues, j'espère ; et quand je vous offre mille sequins pour celle qui vous reste, je crois faire preuve de libéralité. Prononce, Usbeck.

USBECK.

Vous voulez-donc que je sois votre arbitre ?

OSMAN.

Sans doute.

USBECK.

Écoutez ma sentence. (*à Osman.*) Avec la tête chauve et la barbe grise, tu ferois bien mieux d'aller écruer tes toiles et vendre tes cachemires, que de songer à prendre une femme dont tu ne sauras que faire ; encore si tu épousois quelque honnête matrone qui fût d'âge à t'épargner au moins les frais de la paternité, qu'avec Fatime tu pourrois bien payer sans qu'il y eût de ta faute ; passe.

OSMAN.

Votre réflexion est impertinente, monsieur l'arbitre.

USBECK, *à Omar.*

Et vous, Seigneur Chérif, vous dont je respecte infiniment les aunées et le pouvoir, n'avez-vous pas honte de sacrifier ainsi votre charmante fille pour une poignée d'or, de laisser se flétrir sur sa tige une jeune et tendre fleur ? Vous êtes un mauvais jardinier ; c'est un bouton de rose que vous allez enterrer dans la neige.

OMAR.

Il n'est question ni de neige, ni de fleurs ; il s'agit de ma fille, et je vous trouve plaisant.

USBECK.

Allez, vous êtes deux vieux fous.

OSMAN.

Usbeck !

OMAR.

Ah ! nous sommes deux vieux fous, c'est-là ton avis.

USBECK.

Oui, je vous mets tous les deux hors de cause.

OMAR.

Eh bien, je m'en moque et je me retire.

OSMAN.

Un moment beau-père.

OMAR.

Je ne le suis pas encore.

OSMAN.

Un mot : n'y a-t-il pas moyen de s'arranger ?

OMAR.

Non, adieu. (*Il va à la porte.*) Vous ne savez pas ce que vous refusez : une fille belle autant que sage, douce comme un petit agneau ; c'est un vrai trésor qui feroit prospérer votre commerce ; vous vous repentirez de ne l'avoir pas acquis. Sa bonté, sa sagesse... (*Il ouvre sa porte.*) Eh ! mais que vois-je ?

OSMAN.

Qu'est-ce donc ?

OMAR.

C'est ma fille, je crois, elle est avec un jeune homme.

OSMAN.

Avec un jeune homme !

USBECK, *à Osman.*

Ah ! ah ! prends y garde Osman ! elle ne vaut plus que 500 sequins.

OSMAN, *faisant la grimace.*

Mais...

OMAR.

Approchez, Fatime.

SCENE V.

Les Mêmes, FATIME, AZOT.

OMAR.

Encore avec cet amant qui me déplait.

FATIME.

Oui, mon père.

OMAR.

Et vous avez osé.

FRTIME.

Oui, mon père.

USBECK, *à Osman.*

Fille qui répond ainsi, 150 sequins.

OMAR.

Savez vous que je serois en droit de vous punir sévérement.

FATIME.

Non, mon père.

OMAR.

Qu'est-ce à dire, non.

FATIME.

Vous m'avez ordonné de ne plus voir Azof, de ne plus lui parler, de ne plus l'aimer....Eh bien, mon père, je le verrai toujours, je lui parlerai toujours, je l'aimerai toujours, et si quelqu'un avoit le malheur de vouloir m'épouser malgré moi, je lui arracherois les yeux.

USBECK, *à Osman.*

Fille qui arrache les yeux, mon ami, 100 sequins.

OMAR.

Petite impertinente, si je ne me retenois...Rentrez dans la maison, ou...

SCENE VI.

Les Mêmes, ORCAN, ZÉNIDE, Villageois.

(Quelques Villageois arrivent en courant.)

Voilà Orcan !.. c'est Orcan qui arrive.

OMAR.

Mon fils !

ZÉNIDE, *sortant de la cabane d'Usbeck.*

Usbeck quels sont ces cris ?

ORCAN.

Bonjour mon père, je suis bien aise de vous retrouver en bonne santé. (*A Fatime.*) Embrasse moi, ma chère petite sœur, comme elle est embellie. (*Aux Villageois auxquels il serre la main.*) Bonjour, bonjour mes amis.

OMAR.

Mon fils, tu as fait cette fois-ci une bien longue absence.

ORCAN.

J'avois été commandé pour une expédition lointaine, dont je me serais bien passé.

OMAR.

Comment cela ?

ORCAN.

Parce qu'il y a eu plus de profit à faire que d'honneur à recueillir.

OSMAN.

Du profit ! c'est le plus intéressant.

ORCAN.

L'honneur d'abord, le profit après.

USBECK.

Ce fils là ne ressemble pas à son père...

OMAR.

Mais raconte-nous donc...

ORCAN.

Cela ne sera pas long. Un détachement de Janissaires reçut l'ordre d'aller chercher à Smyrne, et d'escorter jusques dans la capitale, une troupe de révoltés pris les armes à la main ; notre Aga m'en nomma le chef ; me voici de retour, et j'ai devancé d'une demie heure l'escorte que je commande, pour rester plus long-temps auprès de vous.

Je ne pense jamais à cette triste corvée, sans avoir devant les yeux certain jeune homme.

Achmet.

2

USBECK.

(*Zénide veut éclater, Usbeck la retient.*)

Un jeune homme, dites vous ?

ORCAN.

Oui; un jeune homme dont la démarche noble et assurée, l'air de candeur et de bonté contrastoient d'une manière si frappante avec les chaînes qu'il portoit, que je ne pouvois jamais le regarder sans compassion. Ses compagnons d'infortune ne le connoissoient pas, et cependant ils lui témoignoient, pour ainsi dire malgré eux, une déférence qu'il étoit loin d'exiger. Je lui ai adressé souvent la parole, ses réponses déceloient le calme et la résignation de l'innocence; et cependant de tous les prisonniers c'étoit celui qui nous étoit le plus fortement recommandé. J'en répondois sur ma tête.

ZÉNIDE, *bas à Usbeck.*

Seroit-ce Achmet !

USBECK *bas à Zénide.*

Modérez-vous. (*haut*) Et où avez-vous mené tous ces prisonniers ?

ORCAN.

Belle demande ! aux travaux de la Rade.

ZÉNIDE.

Grand Dieu !

ORCAN.

A l'exception pourtant d'une douzaine, au nombre desquels étoit le jeune homme que j'ai ordre de conduire directement avec eux dans les prisons du sérail... Mais parlons d'autre chose. Que signifient ces apprêts de festins et de fête ?

OMAR.

Je suis sur le point de marier ta sœur.

ORCAN.

Et j'arrive tout exprès pour la noce...; c'est charmant.

FATIME.

C'est bien triste, au contraire.

ORCAN.

Comment cela ?

USBECK, *montrant Osman.*

Voilà le futur.

ORCAN.

Bah ! Ce n'est pas possible.

OSMAN.

Et pourquoi cela ne seroit-il pas possible ? Ne suis-je pas un homme comme un autre ?

ORCAN.

Certainement.

OSMAN.

Ah !...

ORCAN.

Comme un autre qui a soixante ans, et je ne pense pas que Fatime consente...

FATIME.

Non, mon frère, je n'y consens pas, je n'y consentirai jamais, jamais... Si l'on me marie, je ne veux pas que ce soit pour...

ORCAN.

Pour rire.

FATIME.

Ce seroit pour pleurer. (*montrant Azof.*) Voilà celui que j'aime, et je n'aimerai jamais que lui.

ZÉNIDE.

Pauvre petite! et c'est pour un peu d'or que son père la sacrifiera.

ORCAN.

Ah ça, jeune homme, après ce que vous venez d'entendre, savez-vous que votre procédé n'est pas délicat.

OSMAN.

Il y a quinze ans que je suis sur les rangs pour épouser votre sœur.

ORCAN.

Tant pis, vous aviez le tems de la réflexion.

OSMAN.

Mais dis-moi donc, Orcan, tu parlois tout à l'heure de profit; je ne vois pas trop quel profit il y a eu pour toi d'avoir conduit ici cette troupe de malheureux.

ORCAN.

Est-ce que je ne vous l'ai pas dit? Apprenez-donc qu'en me donnant le commandement de cette brillante expédition, l'Aga m'annonça en même-temps que j'étois promu au grade d'officier, chargé spécialement sous les ordres d'Ibrahim de la police des prisons du sérail. Ce soir j'entre en fonctions.

ZÉNIDE, *à part.*

Qu'entends-je?

OMAR.

Ibrahim se promène souvent dans sa gondole sur le canal; il aborde volontiers à ce village situé en face du sérail. Je l'ai vu, je lui ai déjà même parlé plusieurs fois.

ORCAN.

Vous, mon père!

OMAR.

Oui, moi, je ne serois pas étonné qu'il ne vînt aujourd'hui.

ZÉNIDE.

Mais, à propos du prisonnier, c'est sans doute un homme d'une haute naissance.

ORCAN.

Le joli garçon!

ZÉNIDE.

Quel âge peut-il avoir?

ORCAN.

Vingt-cinq ans au plus, bien fait, figure mâle et pleine d'expression.

OMAR.

Comme nous étions partis de Smyrne pendant la nuit, je ne le remarquai pas d'abord.

ZÉNIDE.

De Smyrne, dites-vous! C'est dans les prisons de Smyrne...

ORCAN.

Eh oui! mais voyez donc le petit questionneur, ne diroit-on pas qu'il prend un intérêt tout particulier à mon prisonnier.

USBECK.

Les malheureux intéressent tout le monde, et surtout à l'âge de mon petit ami.

OSMAN.

C'est vrai ça, les malheureux intéressent....

ZÉNIDE, *à Orcan*

Je vois avec plaisir que sa situation a touché votre cœur.

ORCAN.

Je ne m'en défends pas; si la sensibilité est une foiblesse dans un soldat, il me l'a fait connoître. Mais quel est ce bruit?

(Il se tourne du côté du canal.)

USBECK.

Vous avez manqué de vous trahir. Soyez désormais plus réservé dans vos questions.

SCÈNE VII.

Les Mêmes, ACHMET, Prisonniers. Escorte de Janissaires.

ORCAN *continue.*

Ah! c'est mon escorte avec les prisonniers; ils ont fait diligence

(Mouvement général, à Omar montrant Achmet.)

ACHMET.

Voilà celui dont je vous ai parlé.

ZÉNIDE, *à part.*

Ciel! c'est mon époux.

(Zénide apperçoit Achmet au milieu des prisonniers; elle jette un cri, veut s'élancer vers lui; Usbeck l'arrête; elle se débat et finit par perdre connoissance.)

USBECK.

L'infortunée! (*à Azof et Fatime*) Ce pauvre garçon se ressent encore des fatigues d'un long voyage. Mes amis, aidez-moi à le transporter dans ma demeure.

(Pendant ce temps là, les autres Villageois se sont empressés autour des Prisonniers, et leur ont offert des rafraichissemens.)

SCÈNE VIII.

Les Mêmes, excepté USBERCK et ZÉNIDE, AZOF et FATIME rentrent en scène.

ORCAN.

C'est bien, mes amis, secourir les malheureux est le plus doux

comme le plus saint des devoirs. (*aux prisonniers*) Allons vous autres, profitez de l'occasion et prenez place.
(On fait asseoir les Prisonniers aux tables.)

OSMAN.

Halte là, s'il vous plaît. Ces Messieurs ne sont pas de ma noce.

ORCAN *le retient.*

Allons donc, seriez-vous moins humains que ces braves gens?

OSMAN.

C'est bien dit ; mais ce festin, c'est moi qui l'ai ordonné, qui l'ai payé, et avant que le contrat soit signé.

ORCAN.

Ah! c'est différent! que ne parliez-vous. (*Il prend un verre sur la table*) à la santé du seigneur Osman. (*aux prisonniers*) buvez, camarades, c'est Osman qui régale.

TOUS.

A sa santé!

OSMAN.

J'enrage.

ACHMET, *morne et pensif a gagné le devant de la scène.*

Affreuse destinée! ô ma Zénide, que vas-tu devenir?

ORCAN *quitte la table pour s'approcher d'Achmet.*

Allons, jeune homme, de la fermeté, nous touchons au terme de notre voyage ; ce sera peut être aussi celui de votre malheur ; prenez quelque nourriture.

ACHMET.

Je te remercie, je n'ai besoin de rien.

OSMAN, *regardant les prisonniers.*

Comme ils boivent! comme il mangent!

ORCAN *à Achmet.*

Croyez que votre situation m'intéresse.

OMAR, *à Osman en riant.*

Eh bien! Osman, vous ne vous attendiez pas à la bien venue de ces convives ; je suis ravi que vous les régaliez.

OSMAN.

Je le crois, il ne vous en coute rien.

ACHMET *a Orcan.*

Tu pourrois peut être me rendre un grand service.

ORCAN.

Parlez, s'il dépend de moi...

OMAR.

Pourquoi donc nous as-tu quitté, mon fils? viens reprendre ta place, et fais asseoir ton prisonnier.

ORCAN.

Pardon, mon père...

OSMAN *avec humeur.*

Eh! laissez-les jaser ; ils ont le tems de boire et de manger ; avez-vous peur qu'il reste quelque chose pour le lendemain de ma noce?

ORCAN.

Le lendemain! la réflexion est bonne!

OMAR.

Et bien placée... buvons.

ORCAN, *a Achmet.*

Je vous écoute.

ACHMET.

Arraché des bras d'une épouse adorée, je voudrois lui faire parvenir la nouvelle de mon arrivée à Constantinople.

AZOF, *entre et dit a Orcan.*

On vient d'appercevoir la gondole du Gouverneur sur le canal.

OMAR *a Orcan.*

Quand je te le disois, peut être nous honorera-t-il aujourd'hui de sa visite.

ORCAN.

Il ne doit pas nous trouver ici. (*aux Janissaires*) Camarades partons.

(Mouvement général ; tous les Prisonniers se levent ; à Achmet, au moment où il rejoint la troupe.)

Jeune homme encore une fois du courage ; je ferai pour vous, tout ce que mon devoir me permettra de faire.

OMAR.

Tu ne veux donc pas assister à la noce de ta sœur?

OSMAN.

Oui, à ma noce !

ORCAN.

Si fait parbleu ! mais diable... attendez ; oui, cela peut s'arranger. Je traverse le canal, je remets les prisonniers aux mains de l'Aga, qui les attend sur l'autre rive, et je reviens aussitôt. Au revoir.

(Sortie des Janissaires qui conduisent les Prisonniers ; Achmet à leur tête ; Orcan, Omar, Osman, tous les Villageois les accompagnent ; lorsque le Théâtre est vide, on entend la voix de Zénide appeler Achmet ! Achmet !)

SCENE IX.

USBECK, ZÉNIDE *s'élance de la cabane d'Usbeck, qui la retient.*

ZÉNIDE.

Laisse-moi, laisse-moi, te dis-je ?...

USBECK.

Que prétendez-vous faire ?

ZÉNIDE.

Rejoindre mon époux.

USBECK.

Vous allez le perdre sans retour.

ZÉNIDE.

Je veux mourir avec lui.

USBECK.

Ma chère maîtresse, daignez m'entendre.

ZÉNIDE.

Tes perfides secours m'ont perdue ; au lieu de me les prodiguer, quand je succombois à ma douleur, c'étoit Achmet qu'il falloit prévenir de ma présence... mais peut être est-il temps encore.

(Fausse sortie.)

USBECK.

Arrêtez ! et si les jours de votre époux vous sont chers, si vous ne voulez pas l'immoler vous-même, écoutez les conseils de la prudence et de l'amitié.

ZÉNIDE.

Et que me diras-tu pour le sauver.

USBECK.

Il est peut être un moyen d'y parvenir.

ZÉNIDE.

Je n'en vois qu'un seul, c'est d'aller me jeter aux pied du sultan Amurat, de les arroser de mes larmes, et d'implorer sa justice.

USBECK.

La justice d'Amurat ! y pensez-vous Zénide ?

ZÉNIDE.

Pourquoi me la refuseroit-il ?

USBECK.

Ne connoissez-vous pas son caractère ? Le père qui fut assez barbare pour immoler son propre fils à la jalousie d'une marâtre, doit être inaccessible à la pitié que réclame le malheur.

ZÉNIDE.

Toujours des obtacles !

USBECK.

Il me vient une idée.

ZÉNIDE.

Quelle est-elle ?

USBECK.

Orcan, vous l'avez entendu, va être commis à la garde de votre époux.

ZÉNIDE.

Eh bien ?..

USBECK.

Il s'agit de le gagner. On vient ; du calme, de la fermeté... Observons et tachons de profiter de toutes les circonstances... peut-être s'en présentera-t-il de favorables à nos projets.

SCENE X.

Les Mêmes, ARON, suivi de quelques Esclaves, dans le fond du Théâtre.

ARON *a sa suite.*

Que l'on détache mes chameaux, que tout soit transporté avec soin et précaution dans les bateaux... Lorsque tout sera près pour le départ, on viendra m'avertir.

OMAR, *arrive et avec lui Azof et Fatime, et les autres Villageois.*

Oh ! c'est mon vieil ami Aron ! tu arrives à propos, veux-tu te rafraichir ?

ARON.

Volontiers, cela ne se refuse jamais.

(Il est conduit près d'une table sur laquelle on pose une bouteille et deux verres.)

OSMAN, *à part.*

Encore un retard.

ARON.

Mais je suis pressé.

OSMAN, *à part.*

Tant mieux.

(On boit.)

OMAR.

Comment va le commerce ?

ARON.

J'ai fait de bonnes affaires. (*Il tend son verre.*) A ta santé.

OSMAN, *à Usbeck.*

Quel commerce fait cet homme là ?

USBECK.

Comment ! tu ne connois par Aron, marchand d'esclaves, fournisseur en titre du sérail et des harems de tous nos riches amateurs de la capitale ?

OSMAN.

Excellente spéculation ; mais mon contrat ne se signe pas !..

ARON.

J'ai fait d'assez bonnes captures dans la mer Adriatique ; je ramène des esclaves de toutes les nations ; cependant je n'ai pas trouvé tout ce que je cherchois.

OMAR.

Comment cela ?

ARON.

Ibrahim, gouverneur des prisons du sérail, a perdu l'année dernière son fils unique, un jeune homme charmant qui faisoit le bonheur de son père ; il m'avoit recommandé de lui chercher un esclave de l'âge à peu près de son fils et qui lui ressemblât autant que possible.

ZÉNIDE, *à part.*

Qu'entends-je ?

OMAR.

Et tu n'as pas trouvé cela.

ARON.

Non, et j'en suis d'autant plus faché qu'Ibrahim a du crédit au sérail.

ZÉNIDE, *à part.*

Usbeck laisse moi faire ! c'est le ciel qui m'inspire.

USBECK.

Que prétendez-vous ?

ZÉNIDE.

Tu vas l'apprendre. (*Elle se lève et approche d'Aron.*) Permettez que je vous fasse une question ?

USBECK, *à Zénide qu'il cherche à éloigner.*

Vous allez être indiscrète.

ARON.

Quel est ce jeune homme ?

USBECK.

C'est un orphelin qui appartient à de pauvres parens, il est venu de Smyrne jusqu'ici pour chercher de l'emploi à Constantinople.

ZÉNIDE.

Quel prix eussiez-vous mis au jeune esclave que vous demande le Gouverneur du sérail ?

ARON.

Que vous importe ?

USBECK, *à part.*

J'entrevois son projet. (*Haut à Aron.*) Quand je vous le disois... Ne l'écoutez pas.

ZÉNIDE.

Je vous prie de me répondre.

ARON.

Ne diroit-on pas que ce petit questionneur a trouvé ce que je cherche ?

ZÉNIDE,

Donneriez-vous bien deux mille sequins ?

ARON.

C'est beaucoup ; mais enfin s'il le falloit absolument.

USBECK, *à Zénide.*

Voilà votre curiosité satisfaite. N'importunez pas plus long-tems ce bonhomme, qui a bien autre chose à faire que de vous écouter, et retirons nous.

ZÉNIDE.

Je n'ai plus qu'un mot à ajouter : Donnez-moi les deux mille sequins, et conduisez-moi à Ibrahim.

TABLEAU.

(Chacun exprime sa surprise.)

USBECK.

Vous oubliez, jeune homme, que vous n'avez pas le droit de faire une semblable folie ?

ZÉNIDE.

Usbeck ! par ce zèle inconsidéré, vous vous préparez ainsi qu'à moi de longs et d'inutiles repentirs. Songez que je suis orphelin délaissé de l'univers entier ; qu'Ibrahim cherche moins un esclave que ce fils dont le ciel l'a privé ; que je puis trouver près du Gouverneur des prisons du sérail tout ce qui peut me faire chérir l'existence ; enfin que je n'ai plus rien à perdre et tout à gagner au marché que je propose.

ARON.

Il est nouveau ! je n'en ai jamais fait de semblable ; mais, mon petit ami, il faut que vous sachiez que le fils d'Ibrahim avoit des

talens. Son père veut les retrouver dans le jeune homme qui doit
le remplacer près de lui ; sa voix douce se marioit aux sons mélo-
dieux qu'il savoit tirer de la mandoline.

ZÉNIDE.

Il ne m'appartient pas de faire mon éloge ; vous jugerez vous-
même de mes talens.

ARON.

En ce cas.... Mais, en vérité, je ne reviens pas de mon éton-
nement. Ecoutez, mon petit ami ; avez-vous bien réfléchi à la
singulière proposition que vous venez de me faire ? Vous m'inté-
ressez, et je ne peux me décider...

ZÉNIDF.

A quoi ?

ARON.

Eh ! parbleu , à vous acheter à vous-même.

ZÉNIDE.

Si vous hésitez, demain je me présente devant Ibrahim , et je
l'instruis de votre refus.

ARON.

A cela je n'ai plus rien à répliquer. Soit, je vous achète , et dès
ce moment vous êtes à moi... (*Zénide montre sa joie.*) mais à
une condition.

ZÉNIDE.

Laquelle ?

ARON.

C'est que vous conviendrez à Ibrahim.

OSMAN.

Se vendre soi-même !... Voilà une spéculation qui ne me seroit
pas venue à l'esprit.

SCENE XI.

(On entend une musique turque sur le canal; elle va toujours *crescendo*; tout
le monde est attentif; bientôt on apperçoit une gondole richement décorée
qui aborde.)

OMAR.

C'est le Gouverneur du sérail ; mes amis , allons à sa rencontre.

(Tout le monde suit Omar , excepté Zénide et Usbeck.)

USBECK, *à Zénide.*

Qu'avez-vous fait ?

ZÉNIDE.

Tu vois que le ciel lui-même protége ma courageuse entreprise ;
c'est lui, n'en doutons pas, qui fait aborder Ibrahim sur cette
rive.

USBECK.

Avez-vous réfléchi à tous les dangers ?

ZÉNIDE.

Je les brave tous. C'est Achmet qu'il faut sauver.

SCENE XII.

Les Mêmes, IBRAHIM ,ORCAN, suite du Gouverneur.

IBRAHIM.

Omar, je ramène ton fils à la noce de sa sœur.

OMAR.

C'est beaucoup d'honneur pour moi , Seigneur.

IBRAHIM, à *Aron.*

Ah ! c'est toi, Aron ! Eh bien !

ARON.

J'arrive, Seigneur, et j'espère avoir rempli vos intentions.

(Il prend Zénide par la main, et la présente à Ibrahim.)

Jugez-en vous-même.

IBRAHIM, *fixant Zénide.*

Sa physionomie spirituelle et douce , prévient en sa faveur.

(Il la considère plus attentivement.)

ZÉNIDE , *à part.*

Je tremble.

IBRAHIM.

Je ne suis point éloigné d'applaudir à ton choix ; mais un extérieur aimable ne suffit pas, tu sais mes autres conventions.

ARON.

Je ne les ai point oubliées, et je vais de suite vous en convaincre. (*à Zénide*) Il faut, mon petit ami , prouver que vous êtes en effet digne des bontés du maître auquel je vous ai destiné.

ZÉNIDE *a Aron.*

Je voudrois que vous pussiez m'en dispenser dans ce moment.

ARON.

Non pas, s'il vous plait , où notre marché est nul.

IBRAHIM *a Aron.*

Que dit-il ?

ARON.

A cet âge, on est timide ; il craint que ses foibles talens n'aient pas le bonheur de vous plaire.

IBRAHIM.

Rassurez-vous, mon enfant, j'avoue que je désire retrouver en vous ces mêmes talens qui m'ont rendu la perte de mon fils plus sensible encore , mais vous avez déjà dû m'inspirer assez d'intérêt pour me rendre indulgent.

ZÉNIDE.

Ah ! Seigneur , si vous saviez quel prix j'attache à votre bienveillance ! Que l'on me donne une mandoline.

(Elle essuye furtivement une larme , et dit à voix basse :)

C'est pour Achmet !

(Faisant un effort sur elle-même, elle prélude et chante.)

ROMANCE.

Lorsque d'une flèche mortelle,
Un chasseur imprudent,
A frappé de la tourterelle,
L'ami tendre et constant,
Errante et solitaire au milieu du bocage,
Son épouse l'appelle à chaque instant du jour.
Hélas ! l'écho plaintive répète son ramage,
Mais il ne lui rend pas l'objet de son amour.

C'est ainsi qu'un destin funeste
Me condamne à gémir ;
Sans parens, sans amis, je reste
Ici bas pour souffrir.
Du bonheur un instant j'ai vu naître l'aurore ;
Mais un orage affreux vint bientôt l'éclipser.
Je pleure tout le jour, la nuit je trouve encore
Des soupirs dans mon cœur, des larmes à verser.

Loin des objets de ma tendresse,
Je vois de mes beaux jours,
Dans l'amertune et la tristesse
Finir lentement le cours ;
Qui pourra m'arracher au chagrin qui me ronge !
Quel mortel me rendra le bien que j'ai perdu !
S'il est vrai que la vie, hélas ! n'est qu'un vrai songe,
Survivre à son bonheur, c'est avoir trop vécu.

IBRAHIM.

Il chante à ravir.

USBECK, *à part.*

L'infortunée !

ZÉNIDE, *à part.*

Achmet ! que ne feroit pas pour toi la malheureuse Zénide. (*haut*) Ne me jugez pas, Seigneur, sur ce faible essai.

IBRAHIM *la prenant par la main.*

Tant de modestie et de talens !.. Aron, quelque prix que tu mettes à cet aimable enfant, il est à moi. Un ordre supérieur me retiendra cette nuit hors des murs du sérail. Demain, dès l'aube du jour, je serai de retour, et je l'attends avec... (*à Zénide*) Comment t'appelles-tu ?

ZÉNIDE.

Zéide, Seigneur. Cette nuit va me paroître bien longue. Je compterai toutes les heures jusqu'à celle qui me rapprochera de vous.

IBRAHIM.

On n'est pas plus aimable : au revoir mon enfant. Aron, je te le recommande, prends-en le plus grand soin. Adieu, Zéide, à demain. (*Il le fixe encore*) Il est charmant.

(Ibrahim et sa suite regagnent la gondole que l'on voit s'éloigner ; tout le monde accompagne le Gouverneur.)

SCENE XIII.

Les Mêmes, excepté IBRAHIM.

ARON.

Eh bien! le triomphe est complet, déjà vous possédez les bonnes grâces du gouverneur.

ZÉNIDE *avec vivacité.*

Mes deux mille sequins.

ARON *souriant.*

Comme il pressé donc! Mais j'ai promis et je tiens parole.

(A un signe qu'il fait deux esclaves apportent une cassette ; il en tire un sac et le présente à Zénide.)

Les voici!

ZÉNIDE.

Prenez, Azof, prenez, vous dis-je, je connois l'usage que vous allez en faire.

AZOF.

Seroit-il possible!

ZÉNIDE.

Faut-il vous le répéter.

(Azof prend le sac et va le déposer aux pieds d'Omar.)

OMAR.

Ah! ce dernier trait me désarme.

OSMAN.

Alte là! je suis le premier en date, et je donne les deux mille sequins.

OMAR.

C'est trop tard! aussi bien les larmes de Fatime commençoient à me faire mal ; mes enfans, mes chers enfans, je vous donne ma bénédiction et je prends les deux mille sequins.

ORCAN, *prenant Azof et Fatime par la main.*

Tombez aux pieds de votre bienfaiteur.

ZÉNIDE *les relève.*

Soyez heureux, et pensez quelquefois à moi.

ORCAN.

Jeune homme aussi intéressant qu'inconcevable, quelque soit le motif d'une action aussi extraordinaire, n'oubliez pas que le frère de Fatime se nomme Orcan, que vous allez habiter avec lui sous le même toit, et si jamais vous avez besoin de ses services, comptez sur lui. (*Il lui serre la main.*) A la vie, à la mort.

ZÉNIDE.

Peut-être vous rappelerai-je bientôt cette promesse.

ORCAN.

Tant mieux! actuellement mes amis, vive la joie. Azof et Fatime, mettez-vous là.

(Il la conduit à un siège préparé.)

Votre bienfaiteur au milieu ; bien.

OSMAN, *furieux*.

C'est une abomiuation ! je fais préparer un repas, on me le mange ; je viens acheter une femme, on me la prend ; c'étoit sur ce même siège que je devois recevoir des félicitations payées d'avance, et c'est à mon rival qu'elles vont être adressées. (*Eclats de rires.*) Bien ; bien ; moquez-vous de moi, je n'ai que ce que mérite ; mais si l'on m'y rattrappe jamais... ah ! ah ! ah ! adieu.

(Il s'enfuit.)

FATIME.

Oh ! pour le coup, nous allons danser ; commençons, mes amis.

BALLET.

UN ESCLAVE, *a Aron*.

Seigneur, tout est prêt ; on n'attend plus que vous pou partir.

ARON, *a Omar*.

Adieu, mon vieux ; adieu, mes amis.

ZÉNIDE.

Adieu, mon cher Usbeck.

USBECK, *baise en secret la main de Zénide*.

Que Mahomet vous protège !

ARON, *a Zénide*.

Donnez-moi la main, mon petit héros.

(Il donne un signal, la Caravane défile au son d'une musique guerrière ; i. s'embarque ; la toile baisse sur le tableau.)

Fin du premier acte.

ACTE II.

(Le Théâtre représente une cour intérieure dans les prisons du Sérail ; une
porte sur la droite, qui donne dans l'intérieur, une autre à gauche qui
conduit à l'extérieur ; un mur dans le fond ; au centre du mur une platte-
forme sur laquelle on monte par une rampe ; sur cette platte-forme s'élève
un phare ; pardessus le mur on voit une perspective, la pointe du Minaret
et le sommet des tours de Constantinople.)

(Une Sentinelle se promène et monte la garde dans la cour de la prison ; la
porte du côté des prisons s'ouvre avec bruit.)

SCENE PREMIERE.

ALI, NADIR

ALI.

Viens donc, Nadir, dormeur éternel !

NADIR *se frotte les yeux et baille.*

Eternel grondeur !

ALI.

Être encore couché à l'heure qu'il est.

NADIR.

A peine est-il jour.

ALI.

Tu fais bien mal ton devoir.

NADIR.

Tu fais trop bien le tien.

ALI.

Choisis tous deux parmi les nombreux Bostangis du sérail,
pour être spécialement chargés du service des prisons, cette
distinction honorable devroit te flatter.

NADIR.

Eh bien non ; cela ne me flatte pas du tout ; je me trouvois
plus heureux lorsque j'arrosois les tulipes dans le jardin de la
Sultane.

ALI.

Tu es un être lâche, effeminé, on ne fera jamais rien de toi.

NADIR.

Ah ! ça, camarade, actuellement que me voilà bien éveillé, je
te dirai à mon tour, que je te trouve plaisant. As-tu quelque
chose à me commander, voyons ! Je connois mon devoir, et je
n'ai pas besoin que tu me l'apprenne ; je sais par exemple, que
tous les matins, aussitôt que les premiers rayons du soleil viennent dorer la pointe des Minarets, la sentinelle qui veille près de
ce phare, doit retourner à la porte extérieure ; et que c'est à moi
à venir l'en avertir ; nous sommes déjà l'un et l'autre tellement

accoutumés à cette vieille routine, que je n'ai qu'un signe à lui
faire. Regarde.

(Il fait un signe , la sentinelle se retire.)

As-tu vu ? Actuellement je vais...

ALI.

Et où vas-tu ?

NADIR.

Continuer mes fonctions, déjeuner.

ALI.

Tu as toujours faim.

NADIR.

Et toi toujours soif.

ALI.

C'est plus noble ; mais il n'est pas question ici de boire et de
manger. Je t'ai réveillé pour t'apprendre la grande nouvelle.

NADIR.

Encore quelque malheureux que l'on va étrangler ou empâler.
La chienne de vie! j'aimerois autant ramer sur nos galères.

ALI.

Non, apprends que le sultan vient aujourd'hui avec la Sultane,
visiter les prisons du sérail. C'est à l'instigation de l'Aga des Janissaires, qu'il se donne ce petit plaisir là. Cet Aga cherche depuis
quelque temps à inspirer à sa hautesse des sentimens d'humanité
qui pourroient par la suite nous faire grand tort à nous autres.
En vérité, cet homme là n'est point à sa place.

NADIR.

On n'en dira pas autant de toi.

ALI.

Un Sultan visiter des prisons!

NADIR.

Eh ! tant mieux. Si cela tourne au profit des malheureux qui
gémissent dans les cachots; mais tu n'as pas plus de pitié...

ALI, *riant.*

De la pitié! Imbécille! Et ne sais-tu donc pas que ces malheureux sont une marchandise avec laquelle j'alimente mon petit
commerce. Mais cet Aga me ruine; tous les jours le nombre des
prisonniers diminue, et lui seul en est cause.

NADIR.

Diminue dis-tu ? depuis peu il nous en est arrivé une tren-
taine.

ALI.

De la belle denrée, ma foi! des misérables qui tous ensemble
n'ont pas dix sequins à leur disposition.

NADIR.

Mais ce prisonnier arrivé avec eux , et pour lequel Ibrahim,
notre Gouverneur, a fait aussitôt disposer une prison particulière.

ALI.

Pour celui-là, c'est différent ! Il ne boit, ni ne mange, ni ne
c'est fort bien ; il soupire ; il se lamente sans cesse, c'est à

merveille! son costume annonce quelqu'un de la classe aisée; une bourse bien garnie que j'ai entrevue m'a confirmé dans ce soupçon. C'est on ne peut mieux, aussi il paiera pour les autres.

NADIR.

Ali!

ALI.

Plaît-il, seigneur Nadir.

NADIR.

Tu pourrois bien comme on dit avoir compté sans ton hôte: Orcan, cet officier chargé de commander en ces lieux, sous les ordres et pendant l'absence d'Ibrahim, depuis hier soir installé dans ses fonctions...

ALI.

Cet Orcan est l'ami du Gouverneur.

NADIR.

D'où le sais-tu?

ALI.

N'as-tu pas remarqué la reception amicale qu'il lui a faite.

NADIR.

Ça ne dit rien : ce sont gens de cour, et j'ai en idée moi que ce n'est pas sans motif qu'il est envoyé ici.

ALI.

Qu'il soit ce qu'il voudra, ça ne me fait pas peur; on fera son devoir.

NADIR.

Et moi le mien.

ALI.

Je m'y prendrai si bien que j'obtiendrai la confiance d'Orcan.

NADIR.

Et moi celle de ce joli Esclave qui a été vendu hier à Ibrahim, et qui a su aussitôt gagner les bonnes graces de son maître.

ALI.

Soit.

NADIR.

Il m'a remarqué, j'ai déjà eu occasion de lui rendre quelques petits services. Il n'est pas difficile de voir que sous peu Zénide aura remplacé dans le cœur d'Ibrahim le fils qu'il a perdu. Sa protection vaudra bien celle du farouche Orcan, et alors... Mais on vient.

ALI.

C'est le Gouverneur avec Orcan; le jeune Esclave les accompagne.

<hr>

SCENE II.

Les Mêmes, IBRAHIM, ZÉNIDE, ORCAN.

IBBRAHIM.

Ali, que l'on fasse rassembler tous les prisonniers renfermés

Achmet.   4

dans cette enceinte , et qu'ils soient prêts à paroître devant notre sublime Sultan.

ALI , *a Nadir.*

Quand je te le disois.

NADIR.

La bonne aubaine ! moi qui n'ai jamais vu de Sultan.

ZÉNIDE , *avec ingénuité.*

Pardon , maître , veux-tu me permettre d'accompagner Ali dans la visite qu'il va faire aux prisonniers.

IBRAHIM.

Toi , jeune homme , tu n'y penses pas ! Est-ce à ton âge ?

ZÉNIDE.

Que t'importe ?

ORCAN.

Parbleu ! voilà une singulière envie !

NADIR.

Avec ça , c'est si gai de voir des malheureux qui attendent la mort !

ZÉNIDE,

Tu me refuses ?

IBRAHIM.

Sans doute. (*Zénide soupire.*) Ali, tu m'as entendu , hâte-toi d'exécuter mes ordres.

ALI.

J'obéis , Seigneur. Viens Nadir.

IBRAHIM.

Non. Pendant que je suis ici , Nadir ira trouver le jeune prisonnier ; il attendra son réveil pour lui remettre sa nourriture , et ensuite il me l'amènera.

NADIR.

Je veux bien lui porter sa nourriture , Seigneur , mais c'est à-peu-près inutile ; car il m'a signifié hier qu'il ne prendroit rien tant qu'il seroit en prison.

(Ali lui fait signe de se taire.)

ZÉNIDE , *a part.*

Si c'étoit mon époux ! Quel est donc ce jeune homme , et qu'a-t-il fait pour être en prison ?

IBRAHIM.

Je ne puis répondre à cette question-là.

ZÉNIDE , *a part.*

Je ne saurai rien.

IBRAHIM.

Va toujours , Nadir , et amène-le moi.

ALI , *en sortant , a Nadir.*

Imbécille ! as-tu donc oublié que nous mangeons pour lui.

(Il sort avec Nadir.)

SCENE III.

IBRAHIM, ORCAN, ZÉNIDE.

IBRAHIM, *a Zénide.*

Retire-toi , Zéide , j'ai besoin de parler à Orcan,

ZÉNIDE.

Tu peux lui parler , je ne t'écouterai pas.

ORCAN.

N'importe , jeune homme , obéis à ton maître.

ZÉNIDE , *a Ibrahim.*

Toujours nous séparer !

IBRAHIM.

Je ne tarderai pas à aller te rejoindre, laisse-nous.

ZÉNIDE.

J'obéis. (*a part.*) Avant de sortir, examinons ces lieux.

(Elle feint de sortir ; Ibrahim la conduit un moment des yeux, et dès qu'il a retourné la tête pour parler à Orcan , elle se glisse dans le fond de la scène, et va se cacher dans le phare.)

SCENE IV.

IBRAHIM, ORCAN.

IBRAHIM.

Je suis charmé, brave Orcan, que sur ma recommandation l'Aga des Janissaires t'ait choisi de préférence à tout autre pour me seconder dans mes pénibles fonctions. Ta famille m'est connue, je l'ai protégée en plusieurs circonstances, et je saisirai avec plaisir l'occasion de te faire du bien.

ORCAN.

Aussi, Seigneur, vous pouvez placer en moi toute votre confiance.

IBRAHIM.

Je vais t'en donner une preuve. Tu ne sais pas encore de quelle importance est pour l'Etat la vie ou la mort du jeune prisonnier renfermé là.

ORCAN.

Qui me l'auroit appris ? Je ne connois que vous dans ces tristes demeures.

IBRAHIM.

Écoute, et pénètre toi bien de la responsabilité qui pèse maintenant sur nos têtes.

ORCAN.

Parlez, Seigneur.

IBRAHIM.

Ce malheureux, confondu dans la foule des rebelles, est un descendant de Mahomet.

ORGAN.

Qu'entends-je! et quel est son père?

IBRAHIM.

Le sultan Amurat.

ORCAN.

Grand dieu !

IBRAHIM.

Sa mère a perdu la vie en lui donnant le jour, et il ignore encore de quel sang il est né?

ORCAN.

Quoi ! c'est le fils de votre Souverain qu'on a fait conduire ici comme un criminel ?

IBRAHIM.

Lui-même.

ORCAN.

Et c'est Amurat qui l'a condamné à cet indigne réclusion ?

IBRAHIM.

Amurat le croit mort depuis long-temps.

ORCAN.

Ah ! qui donc a donné l'ordre de l'amener près de son père ?

IBRAHIM.

La sultane favorite.

ORCAN.

Par quelle fatalité Amurat ignore-t-il que son fils existe ?

IBRAHIM.

A peine la mort lui eut-elle enlevé la mère de ce prince, qu'il devint éperduement amoureux d'une autre femme. Celle-ci lui donna également un fils ; mais craignant que la naissance du premier ne fermât pour jamais au sien le chemin du trône, elle exigea du sultan qu'il fît périr Achmet. Amurat, par une foiblesse inconcevable, mais trop commune parmi les souverains de cet empire, pressé d'ailleurs par les sollicitations d'une femme qu'il adoroit, consentit à la mort de ce Prince, fruit de ses amours ; mais l'esclave, chargé d'exécuter cet ordre, souffrit qu'Achmet fût remplacé par un autre enfant qui venoit d'expirer. Transporté à Smyrne chez un parent de sa mère, Achmet fut élevé avec soin jusqu'à l'âge de 18 ans. Il avoit épousé Zénide, la fille de son bienfaiteur, lorsqu'il fut enlevé, conduit à Constantinople, et enfermé dans les prisons de Smyrne.

ORCAN.

Comment la sultane a-t-elle découvert l'existence de cet infortuné ?

IBRAHIM.

Par l'indiscrétion du parent chez lequel il fut élevé. Se sentant près d'expirer et ne voulant pas qu'un secret de cette importance fût enseveli avec lui dans la tombe, il le déposa dans le sein d'un serviteur qu'il croyoit fidèle ; mais cet homme étoit un traître. A peine le père de Zénide eut-il fermé la paupière, qu'il fut tout révéler au nouveau bacha de Natolie, homme dévoué à la sultane favorite.

ORCAN.

Je ne conçois rien à la conduite de la sultane. Puisque l'existence d'Achmet lui cause tant d'ombrages, pourquoi ne l'a-t-elle pas fait périr dans les prisons de Smyrne?

IBRAHIM.

En voici la cause...; mais quel est ce bruit? (*les portes s'ouvrent.*) C'est la sultane elle-même.

ORCAN, *a part.*

Dissimulons ma juste indignation.

SCÈNE V.

Les Mêmes, ZULIMA.

Ibrahim! (*apercevant Orcan.*) Quel est cet homme?

IBRAHIM.

C'est Orcan, Madame, celui que votre dévoué serviteur, le bacha de Natolie, a préféré pour garder les prisons.

ZULIMA.

Oui... je me rappelle... Orcan, approchez... Vous êtes intimidé par ma présence?.. Approchez.

ORCAN *a part.*

Elle prend l'horreur qu'elle m'inspire pour de la timidité.

ZULIMA.

Le nouveau bacha a dû vous instruire d'une partie de mes secrets.

IBRAHIM.

Madame, c'est moi qui lui ai tout révélé.

ZULIMA.

Des emplois avantageux, des honneurs même, si vous restez fidèle à ma cause... la mort si vous me trahissez.

ORCAN *avec enthousiasme.*

La mort...

IBRAHIM ET ZULIMA.

Que dites-vous?

ORCAN.

Ne peut être le prix de la cause honorable que j'embrasse.

ZULIMA.

Ce mouvement de zèle, cette chaleur, sont d'un heureux augure... Écoutez-moi... Achmet est-il ici?

IBRAHIM.

Oui, Madame.

ZULIMA.

Est-il accablé par la crainte du sort qui l'attend?

ORCAN.

Il n'est affligé que de la perte de son épouse.

ZULIMA.

Sait-il que sa mort est résolue?

ORCAN.

Il le sait.

ZULIMA.

Et son âme...

ORCAN.

Conserve le courage de l'innocence.

ZULIMA.

Il n'est pas encore tems qu'il périsse.

ORCAN *a part.*

Je respire.

IBRAHIM.

Madame, craignez que votre irrésolution...

ZULIMA.

Mon fils est dans un état de langueur qui me laisse à peine le
plus léger espoir. Mon crédit sur l'esprit d'Amurat, je ne crains
pas de le dire, repose sur l'existence d'un héritier de son trône. Si
mon fils m'étoit enlevé, j'aurois tout à redouter des souvenirs que
ce triste évènement réveilleroit dans le cœur du Sultan. Il pourroit, me reprochant le trépas de son premier enfant, m'arracher
mon diadème et me rejeter dans la foule des esclaves. La politique,
l'intérêt de ma grandeur, l'inaltérable conservation de mes droits,
tout m'engage donc à ne pas attenter encore aux jours d'Achmet.
Vous devinez mes projets; que je perde mon fils, je fais sortir
Achmet de sa prison, je le présente au Sultan, je lui fait connoître celui qu'il a voulu me sacrifier, mais dont mon humanité
a fait respecter les jours, et m'appuyant sur ce titre puissant de
générosité, j'excite l'éternelle reconnoissance d'Amurat; je conserve le trône, je deviens la mère d'Achmet, et, par mon adresse,
ce front, jusqu'au dernier moment de ma vie, sera ceint de la
couronne des rois.

IBRAHIM.

Ce projet est heureusement conçu, Madame, et nous ferons tout
pour vous aider.

ORCAN.

Mais si votre fils est rendu décidément à la vie?

ZULIMA.

Achmet périra.

ORCAN *a part.*

Le monstre !

ZULIMA.

Ibrahim, vous savez que le Sultan doit venir aujourd'hui visiter ces prisons, surtout qu'Achmet ne paraisse pas devant lui...
La noble hardiesse de ce jeune homme, ce maintien fier qui le dis-
tingue, tout me fait appréhender qu'à sa vue seule Amurat ne
se sente ému... et ne le croie pas complice de la conspiration dans
laquelle il est impliqué. Je vais, moi, pénétrer les intentions de
l'Aga des Janissaires... Cet homme m'est suspect... Il ne parle au
Sultan que du plaisir qu'un Souverain éprouve à pardonner, à se-

montrer bon , sensible, généreux ; il veut détruire le caractère in-
domptable que j'ai su donner à ce puissant monarque ; il veut
faire du plus grand des Princes , un Roi foible et pusillanime...
Mais je saurai m'opposer à ces efforts d'une fausse vertu. Je vous
quitte... J'oubliois de vous recommander d'interroger Achmet,
pour savoir si le secret de sa naissance ne lui seroit pas connu.

IBRAHIM.

Je l'attends pour cet objet, Madame, mais il vient ici...

ZULIMA, *à part.*

Sa vue me fait une impression... Point de foiblesse... Sa
destinée est de périr ou de régner.

SCÈNE VI.

Les Mêmes, ACHMET, NADIR.

IBRAHIM.

Avancez. Retire toi Nadir.

(Nadir sort.)

ACHMET

Que me voulez-vous ? Est-ce pour briser mes fers ou m'annon-
cer la mort que vous m'appelez ici ?

ORCAN.

Ni l'un ni l'autre.

ACHMET , *a Orcan.*

C'est toi qui m'as conduit en ces lieux funestes ; tu dois savoir
le crime que l'on m'impute ; pourquoi m'avoir séparé d'une
épouse que j'adorois ? Et que veut-on faire de moi ? A-t-elle
survécu à mon malheur ? Qu'est-elle devenue ? Parle, ne crains
pas de déchirer ce cœur flétri par le chagrin, et qui ne s'est
nourri que de larmes depuis cette cruelle séparation.

ORCAN, *a part.*

Qu'il m'afflige !

IBRAHIM.

Au lieu de lui faire des questions, c'est à vous de me répondre,

ACHMET.

Barbare ! ce n'est pas toi que j'interroge.

IBRAHIM.

Songez que je suis le maître d'adoucir votre captivité ou de
resserrer vos chaînes.

ACHMET.

Je le sais , mais tout votre pouvoir n'empêchera pas un homme
qui a le sentiment de son innocence , d'exhaler son indignation
contre ses persécuteurs.

IBRAHIM, *jouant la bonne foi.*

Votre innocence ! je ne refuse pas d'y croire , mais il ne suffit
pas que vous en soyez convaincu ; il faut me la prouver pour que
je puisse adoucir les ordres sévères que j'ai reçus.

ACHMET.

Eh ! que vous dirai-je ? puisque j'ignore la cause de ma captivité.

IBRAHIM.

Ne tenez-vous point par votre naissance à quelque famille qui ait encouru la disgrace de notre sublime Sultan ?

ACHMET.

Hélas ! si j'avois des parens, j'aurois des protecteurs ; je n'ai jamais connu celle qui me donna le jour. Seul, isolé, je ne tiens au monde que par les liens qui m'attachent à une épouse, jeune, belle et vertueuse ; vos barbares satellites m'ont arraché de ses bras, et sa douleur fait mon plus cruel supplice.

IBRAHIM, *bas a Orcan.*

Il ne sait rien.

ACHMET.

Quelque soit le crime dont on m'accuse, qu'on me le fasse connoître.

IBRAHIM.

Vous feignez de l'ignorer.

ACHMET.

Je soupçonne le délateur, mais j'ignore, je le jure, le mensonge infame dont il n'a pas craint de se rendre coupable.

IBRAHIM.

Eh bien, apprenez que vous avez été signalé au Sultan lui-même comme un homme d'autant plus dangereux, que sous le masque de la candeur et de la loyauté, vous travaillez sourdement à faire réussir les plus coupables projets contre l'Etat et la religion de Mahomet.

ACHMET.

Moi !

IBRAHIM.

Que vous avez secrètement pris part à la révolte du bacha de Natolie, qui vient de recevoir la juste punition de sa perfidie.

ACHMET.

Quel tissu d'horreurs.

IBRAHIM.

Prouvez le contraire.

ACHMET.

Ma vie entière doit parler pour moi.

IBRAHIM, *d'un air moqueur.*

Si vous n'avez que cette preuve à opposer à l'évidence...

ACHMET.

A l'évidence, grand dieu ! de quelle évidence voulez-vous parler ? Où sont les preuves ? Où sont mes délateurs ? Qu'on me les confronte ? Inconnu jusqu'à ce jour, et perdu dans la foule immense des fidèles sujets d'Amurat, j'ignore quels peuvent être mes ennemis ; mais fussent-ils assis sur les marches même du trône, qu'on me les nomme, je saurai les confondre.

IBRAHIM.

Moins d'emportment, ou je cesse de vous écouter.

ORCAN, *a part.*

Il va se perdre ! (*Haut.*) Allons , rentrez , ce n'est pas devant
nous qu'il faut tenir un pareil langage.

ACHMET.

Je le tiendrois devant le Sultan même.

ORCAN.

Soit ; mais nous deviendrions coupables, si nous le tolérions
davantage ; allons, rentrez vous dis-je.

ACHMET.

Je ne te reconnois plus, Orcan, tu m'as traité avec plus
d'égards dans le trajet que nous...

ORCAN *l'interrompaat brusquement.*

Cela peut-être : nous n'étions pas alors dans les prisons du sérail. Alors, je ne vous connoissois pas aussi bien que maintenant.
Mais je n'ai pas de compte à vous rendre. Marchons.

IBRAHIM.

Le prisonnier peut encore respirer l'air de cette cour pendant
un quart-d'heure. Je vais tout disposer pour la réception du Sultan.
Ferme bien les portes et va voir ce que fait Ali dans ces bâtimens.

ORCAN.

Allez, Seigneur, vous pouvez vous reposer sur moi. Achmet,
je vais faire ma ronde ; en revenant je vous reconduirai dans vôtre
prison.

IBRAHIM.

Continue , je suis content de toi.

ORCAN *a part.*

O fils de mon maître ! je te sauverai où je perdrai la vie.

(Ibrahim sort par la porte extérieure, Orcan par celle intérieure.)

SCENE VII.
ACHMET, ZÉNIDE.

(Zénide est cachée un moment dans la crainte d'être apperçue par Orcan ;
elle reparoît et se dispose à sortir du phare dès qu'elle le voit sortir.)

ACHMET *se croyant seul.*

C'en est donc fait ; tout m'abandonne ! Je ne suis environné
que d'êtres barbares, vendus à mes ennemis, et qui se font un
plaisir de me tourmenter. Ma mort est résolue, je ne le vois que
trop aux traitemens que l'on me fait éprouver... Et je laisserois à
mes persécuteurs la satisfaction de prolonger mon supplice ! et de
jouir de la cruelle agonie à laquelle ils me réduiront ! J'attendrois
la mort comme un vil esclave, quand je suis libre de me la donner !
Non. Ils croyent m'avoir ôté tous les moyens de me soustraire à
leur barbarie, mais ils n'ont pas pensé que le canal qui baigne ces
murs... Profitons du peu d'instans qui nous restent, c'est la seule
ressource qui soit à ma disposition ; elle m'offre l'espoir de ma

Achmet.   5

délivrance ou de la mort. Dieu de Mahomet ! prends-moi sous ta protection et arrache une victime à l'injustice et à la tyrannie.

(Il se précipite vers la plate-form ; et y monte lestement ; il va s'élancer dans le canal, Zénide qui l'observe s'écrie.)

ZÉNIDE.

Arrête, malheureux !

ACHMET.

Qu'entends-je ?

ZÉNIDE *courant dans ses bras.*

Achmet.

(Il descend de la rampe et s'arrête en la regardant.)

ACHMET.

Zénide !

(Zénide descend; Achmet la reçoit dans ses bras; ils s'embrassent et viennent tous deux se mettre à genoux sur la scène, en rendant grâce au ciel.)

TABLEAU.

ACHMET.

Chère épouse ! quel Dieu te rend à ma tendresse ?

ZÉNIDE.

O mon ami ! c'est l'amour qui m'a inspiré ; c'est lui qui m'a fait suivre tes traces sous ce déguisement ; c'est l'amour enfin qui doit te sauver, ou nous réunir dans le même tombeau.

ACHMET.

Je ne dois donc pas désespérer de mon destin, puisque le ciel me permet de te revoir.

ZÉNIDE.

Les instans sont précieux. Ecoute, mon ami, je suis esclave d'Ibrahim.

ACHMET.

Esclave d'Ibrahim ! toi !

ZÉNIDE.

Ne t'allarme pas de cette nouvelle. J'avois besoin de ce titre pour parvenir jusqu'à toi, et travailler plus surement à ta délivrance.

ACHMET.

J'entends quelqu'un ! c'est Orcan.

ZÉNIDE.

Le farouche Ali l'accompagne ! Grand Dieu où me refugier.

SCENE VIII.

Les Mêmes, ORCAN, ALI.

ORCAN *entrant brusquement.*

Jeune homme, que fais-tu ici ?

ACHMET *à part.*

Tout va se découvrir.

ORCAN.

Réponds.

ZÉNIDE *tremblante.*

Tu le vois. Je console ce malheureux.

(Ali a été regarder à la porte et revient en disant.)

ALI.

Par où est-tu entré ?

ZÉNIDE.

Par cette porte.

ALI.

Elle est fermée.

ZÉNIDE.

Je le sais bien. Si elle eut été ouverte, je ne serois plus ici.

ALI.

Tu éludes ma question. Comment t'es-tu introduit dans cette enceinte.

ZÉNIDE, *avec impatience et volubilité.*

Eh bien, puisqu'il faut tout vous dire, c'est avec Ibrahim. Il n'a pas voulu me permettre de vous suivre dans les sombres habitations des prisonniers. Pendant qu'il causoit là avec Orcan, la curiosité a porté mes pas vers ce Phare. J'ai vu le canal, j'ai aperçu le long de ses rives des appartemens inhabités, je les ai parcourus, j'ai joui un moment de la délicieuse perspective qu'ils présentent, et à mon retour j'ai trouvé cette porte fermée.

ALI.

A la bonne heure. A présent, va-t-en.

ZÉNIDE.

Va-t-en ! Vous pourriez me parler avec plus de douceur. Songez que j'appartiens à votre maître.

ALI.

Ce n'est pas ici ta place.

ACHMET.

Ni la vôtre.

ORCAN, *a Achmet.*

Le sultan ne va pas tarder à venir, vous ne devez paroître devant lui que dans le cas où il le demanderoit. Ainsi, rentrez.

ACHMET.

Le sultan va venir ?

ALI, *bas a Orcan, avec humeur.*

Il ne falloit pas lui dire cela.

ORCAN, *a part.*

Ce n'est pas sans intention que je le lui ai dit.

ZÉNIDE.

Amurat ne sait peut-être pas que le malheureux languit dans une captivité aussi dure ; pourquoi lui ôter l'occasion de se faire connoître et de se justifier s'il lui est possible ?

ALI.

Oh ! parbleu ! s'il falloit que le Sultan connût tous les prisonniers qu'on expédie par ses ordres , il n'auroit pas d'autre chose à faire. D'ailleurs , nous avons à votre égard des ordres tout particuliers ; ainsi , rentrez.

ACHMET.

Vous me réduisez au désespoir. . Eh bien , venez si vous l'osez m'arracher de ces lieux. Je vous déclare que je résisterai à vos satellites, et que pour me faire rentrer dans l'infâme séjour où l'on veut me reléguer , il faudra m'y traîner tout sanglant.

ZÉNIDE , *effrayée.*

O mon ami ! que faites-vous ?

ALI.

De la révolte !... oh ! oh ! cela devient sérieux. Gardes.

ORCAN.

Bostangi ! Oublies-tu que c'est à moi seul à commander ici. (*a Achmet.*) Seigneur , voulez-vous m'obéir ?

ACHMET.

Je veux qu'Amurat m'entende et me juge lui-même.

ZÉNIDE , *avec émotion.*

Infortuné ! tu cours à ta perte.

ALI , *a part.*

Quel intérêt ce jeune esclave prend-il à lui ?

ACHMET.

Je ne puis penser qu'un Souverain proscrive indifféremment ses sujets. Il doit être assez malheureux quand il est forcé de répandre le sang des coupables , et doit s'applaudir lorsqu'il trouve parmi eux un innocent que son glaive alloit frapper. Ainsi , c'est violer à la fois et les lois de l'humanité et le respect dû aux Souverains , que d'empêcher un homme faussement accusé de réclamer la justice qu'il a droit d'attendre de son juge. Je reste.

(On entend plusieurs coups de canon.)

ALI , *sur la terrasse.*

Le sultan sort de la mosquée , le cortège s'avance. Voici le corps des janissaires. Ils arrivent. (*Il descend.*) Actuellement , Seigneur Orcan, puisque c'est vous qui commandez ici , faites de votre prisonnier ce que bon vous semblera, je ne m'en mêle plus. Le Sultan le verra.

(On frappe à la porte extérieure.)

ORCAN , *a part , en allant ouvrir.*

C'est ce que je voulois.

ACHMET , *a Zénide.*

Est-ce un vengeur ou un bourreau que le ciel nous envoie ?

SCENE IX.

Les Mêmes, NADIR, IBRAHIM, AMURAT, Gardes, les Prisonniers.

NADIR, *d'un air empressé.*

Voici le Sultan. Amenez vîte les prisonniers.

(Ali va à l'autre porte qu'il ouvre.)

ORCAN, *bas a Achmet.*

Du courage.

ACHMET.

Silence. Laisse-moi seul parler au Sultan.

ALI, *ouvrant la porte.*

Allons, sortez vous autres. (*Les prisonniers sortent.*) Rangez-vous dans le fond, et attendez respectueusement la sentence que va prononcer votre maître.

(Achmet se place à la tête des prisonniers.)

IBRAHIM *arrive avec précipitation. Il apercoit Achmet, et s'adressant a voix basse a Orcan.*

Achmet ici !

ORCAN.

Une imprudence lui a appris l'arrivée du Sultan en ces lieux, et il ne m'a pas été possible.... Je vous instruirai plus tard.

(Il est interrompu par l'arrivée du cortège qui précède Amurat.)

AMURAT *paroît, des gardes se rangent du côté de la porte à droite.*

Voilà donc ce qui reste de cette horde de rébelles vaincue et désarmée par mes braves Janissaires ?

IBRAHIM.

Oui, Seigneur.

AMURAT.

Malheureux, si je vous traitois comme vous le méritez, votre mort expieroit bientôt l'outrage fait par votre révolte à la majesté du trône ; déjà plusieurs de vos chefs ont subi le châtiment dû à leur crime. Un petit nombre a échappé à ma vengeance ; mais tôt ou tard ma justice les atteindra et leur supplice servira d'épouvante aux factieux qui voudroient les imiter. Quant à vous, hier votre mort étoit résolue ; je voulois donner un grand exemple au peuple de ma capitale ; mais l'Aga de mes Janissaires a sollicité ma clémence ; il m'a persuadé que vous aviez moins cédé à l'impulsion de vos armes, qu'aux promesses et aux menaces de mes ennemis, puisque vous aviez rendu les armes avant le combat. C'est à ses instances que vous devez la vie, que vous devez la liberté ; je vous fais grace, retournez dans vos foyers ; mais souvenez-vous qu'un maître qui pardonne, ne laisse pas deux fois le même attentat impuni. Allez.

(*Les Prisonniers défilent devant Amurat en exprimant leur respect et la joie
qui les anime.*)

ORCAN *bas a Achmet.*

Eh bien, suivez-les donc.

ACHMET, *de même.*

C'est Orcan qui me donne ce conseil !

AMURAT, *a Achmet.*

Et toi, qui es-tu ? Pourquoi ne partages-tu pas la grâce que je
leur accorde.

ACHMET.

Le pardon accordé à des coupables ne peut me concerner ; je
ne suis point un rébelle, on ne peut me reprocher aucun crime :
en un mot, je n'implore point de grâce,...je demande justice.

AMURAT.

Quelle fierté ! Qui t'a conduit ici ?

ORCAN.

Moi, Seigneur.

IBRAHIM, *avec vivacité.*

Ce jeune homme, dans les notes remises à votre Hautesse, est
désigné comme un des agens secrets du Bacha de la Natolie, et le
moteur de la dernière conjuration qui se tramoit à Smyrne, en
faveur de ce rébelle.

ACHMET.

C'est une calomnie abominable !

AMURAT.

Son nom !

IBRAHIM.

Achmet.

AMURAT.

En effet.

(Il fixe et considère Achmet.)

ZÉNIDE.

Ah ! si j'osois parler.

AMURAT.

Que diras-tu pour ta justification ?

ACHMET.

Que si j'avois été assez lâche pour conspirer contre mon légitime souverain, je n'eusse point rougi d'accepter le pardon qui
vient de m'être offert ; que si j'avois été assez perfide pour me
ranger du côté de ses sujets rébelles et vaincus, c'est parmi les
morts, sur le champ de bataille qu'il faudroit me chercher.

IBRAHIM.

Vous ne fûtes pas pris les armes à main, parce que ce fut au
moment même où la conjuration alloit éclater, que vous avez
été arrêté.

ACHMET.

Ce fut le jour où l'on me fit partager leurs chaînes, que ces
malheureux s'offrirent pour la première fois à mes regards ; ils me

sont tous inconnus, j'en appelle au témoignage d'Orcan lui-
même.

AMURAT.

Répondez, Orcan.

ORCAN.

Nul de ses compagnons d'infortune ne paroît le connoître; cet
aveu est un hommage que je suis forcé de rendre à la vérité.

IBRAHIM.

Tous les jours les chefs d'une conjuration sont inconnus à cette
foule égarée et conduite par leurs émissaires secrets.

ACHMET.

Je ne répondrai que par un mot à une accusation aussi vague;
c'est que vous mettez à me faire paroître coupable un acharne-
ment qui n'est pas naturel. Auriez-vous quelque raison particulière pour me perdre? C'est cette raison qu'il faudroit découvrir;
elle deviendroit peut-être tout à la fois la preuve de mon innocence et de la perfidie de mes ennemis: vous êtes abusé vous
même, ou vous êtes le plus fourbe des hommes.

ORCAN.

Oubliez-vous devant qui vous êtes?

ACHMET.

Je suis devant mon souverain et mon juge, il n'y a qu'un instant encore que je pouvois sauver mes jours aux dépens de mon
honneur; je suis resté, c'est avoir prouvé que je crains moins la
mort que l'infamie; élevé dans l'obscurité et le calme d'une re-
traite profonde, je n'ai jamais brigué ni place, ni faveur, je n'ai
donc pas eu de rivaux... devois-je m'attendre à avoir des ennemis.

IBRAHIM.

Vous l'entendez, Seigneur, il en convient lui-même; aucune
animosité ne peut donc avoir dicté l'accusation formée contre lui.

AMURAT.

Laissez-le achever, Ibrahim.

ACHMET.

Cependant ces ennemis existent, ils triomphent; cachés dans
l'ombre, mes lâches délateurs me portent des coups d'autant plus
sûrs, que je ne vois pas la main qui me frappe; c'est à votre
hautesse à me les faire connoître.

ORCAN.

Parlez-lui comme on parle à son père.

AMURAT.

As-tu pensé que je te croirois de préférence à tes juges, auxquels
j'ai délégué l'exercice de mon autorité.

ACHMET.

Ces juges, Seigneur, sont des hommes: ils ne sont exempts
ni d'erreurs ni de préjugés.

AMURAT.

Jeune homme!

ACHMET.

C'est à vous, Seigneur, c'est au cœur d'un père généreux et compatissant que j'en appelle.

IBRAHIM, *à part.*

D'un père !.... sauroit-il que sa naissance !

ACHMET,

Un monarque est l'image de Dieu sur la terre ; semblable à la divinité dont sa puissance émane ; il est en effet le père des peuples confiés à ses soins ; le moindre de ses sujets a des droits à sa bienveillance ; il récompense avec joie, et punit avec peine ; si le plus beau privilège de la couronne est celui dont vous venez d'user avec tant de magnanimité, en faisant grâce à des coupables, combien ne doit il pas gémir d'être si souvent exposé à sévir contre des innocents ! Telle est ma situation auprès de vous, Seigneur, je fais partie de la grande famille dont vous êtes le chef ; aucune preuve juridique ne m'accuse ; un père établi par la loi pour juger son propre fils, est plus disposé à le croire sur parole, quand il proteste de son innocence, qu'à le condamner sur des rapports souvent dictés par l'erreur et la partialité. Dans la crainte de commettre une action qui révolteroit la nature, il absout l'accusé et reste en paix avec sa conscience. Voilà, Seigneur, ma justification, voilà pourquoi j'ai refusé de participer à une grâce qui suppose un crime dans celui qui l'accepte.

AMURAT.

Ton esprit me paroît facile à recevoir des impressions violentes, et semblent justifier l'accusation portée contre toi. Cependant je ne te dissimulerai pas que tu m'as intéressé. Je vais demander moi-même les preuves de ton crime ; je les examinerai avec une attention particulière, motivée sur la singularité de ton caractère, et surtout excitée par un intérêt dont je n'ai pu me défendre en t'écoutant. (*après avoir de rechef regardé Achmet.*) Tu demandes justice ? demain elle te sera rendue, mais malheur à toi, si tu m'en a imposé.

ACHMET.

Vous vous éloignez, Seigneur, et tout me dit que ce sont mes propres accusateurs que vous allez consulter, que ce sont eux qui vont devenir les arbitres de mon sort.

AMURAT.

Il suffit ! qu'on l'éloigne !

(Il promène autour de lui un regard inquiet : lorsqu'il rencontre ceux de Zénide, il soupire, se cache le visage de ses mains, et s'éloigne d'un pas précipité ; ce mouvement et celui de Zénide n'échappent pas à Ali qui les examine.)

ACHMET.

C'en est fait ! plus d'espoir.

AMURAT.

L'heure fixée pour la tenue du Divan, me force de remettre à un autre moment la visite plus particulière de cette enceinte ; j'y reviendrai dans peu d'instants. Vous auxquels la surveillance en a été confiée, veillez avec soin sur ce jeune homme, et employez avec douceur, à son égard, tous les moyens qui sont en votre pouvoir, pour l'empêcher de se soustraire à ma justice et à ma vengeance.

(Il sort.)

IBRAHIM.

Hâtons-nous de prévenir la Sultane de ce qui vient de se passer.

ALI, bas en reconduisant Achmet.

Il y a quelque chose d'extraordinaire entre cet esclave et ce prisonnier ; il faut en prévenir Ibrahim.

SCENE X.

ZENIDE, ORCAN.

ZÉNIDE.

Ah ! mon cher Orcan ! Achmet est perdu ; les ennemis qui ont juré sa ruine, soutiendront leur calomnie ; ils inventeront de nouvelles impostures ; et l'inflexible Amurat prononcera son arrêt de mort.

ORCAN.

Quelle est ma surprise ! que t'importe la vie ou le trépas de cet infortuné.

ZÉNIDE.

Que m'importe ! Apprends que mon existence est attachée à la sienne, et que le même arrêt nous réunira dans la tombe.

ORCAN, encore plus étonné.

Je ne conçois rien à ce discours, explique toi si tu veux que je m'intéresse à tes larmes.

ZÉNIDE.

Crois tu que je me serois vendue moi-même au farouche Ibrahim, sans y avoir été excitée par le plus puissant motif ?

ORCAN.

Après.

ZÉNIDE.

Ta sœur a reçu le prix de ma liberté : son bonheur est mon ouvrage, puis-je espérer que tu voudras contribuer au mien ?

ORCAN.

Ce doute me feroit injure.

ZÉNIDE.

Eh bien ! aide-moi à sauver mon époux.

ORCAN.

Ton... votre époux ! juste ciel !

ZÉNIDE.

Te voilà maître de mon sort ; m'abandonneras-tu dans un moment si redoutable pour moi ?

Achmet.

6

ORCAN.

Imprudente ! ignorez-vous la loi terrible qui frappe de mort toute femme quittant les habits de son sexe pour revêtir les nôtres.

ZÉNIDE.

C'est cette loi rigoureuse qui a paralysé mon courage, et qui m'a empêché de tomber aux pieds d'Amurat. Je me serois perdue sans délivrer le mortel adoré auquel j'ai consacré ma vie.

ORCAN.

Que voulez-vous faire à présent ?

ZÉNIDE.

L'arracher de ces lieux funestes ou périr avec lui.

ORCAN.

Attendez du moins qu'Amurat ait prononcé.

ZÉNIDE.

S'il le condamne, son évasion deviendra impossible.

ORCAN.

Et moi, je vous réponds de son salut.

ZÉNIDE.

Tu m'en réponds ! quels sont tes moyens pour y parvenir ?

ORCAN.

Achmet touche de trop près. (*a part.*) O ciel ! j'allois me trahir par excès d'amitié.

ZÉNIDE.

Pourquoi cette réserve ? explique toi ?

ORCAN.

Tout ce que je puis vous dire pour calmer vos inquiétudes, c'est que l'Aga des Janissaires ne m'a pas confié sans intention le poste que j'occupe en ces lieux.

ZÉNIDE.

Te l'a-t-il fait connoître ?

ORCAN.

Non ; mais il m'a recommandé le prisonnier avec tant de sollicitude ; il m'a chargé avec tant d'intérêt de surveiller les démarches d'Ibrahim, que je ne puis lui en supposer de mauvaise.

ZÉNIDE.

Cependant il est possible que, dans une heure, on immole mon époux. Ah ! si tu voulois m'en croire et me favoriser.... écoute, en parcourant les environs de ce phare, j'ai découvert un endroit.... si tu veux, notre évasion est certaine.

ORCAN.

Si je le veux.... Que vous puissiez sortir de ces lieux avec votre époux, et je vous réponds du sort le plus brillant. J'irai tout déclarer au Sultan, et aussitôt toute la Cour, tous les Grands...... le Peuple... (*a part.*) Qu'est-ce que je dis donc ?

ZÉNIDE.

Je ne te comprends pas. Ecoute, Orcan, laisse-moi instruire mon époux de mon projet.

ORCAN.

Bien volontiers; mais dépêchez-vous.. Je crains qu'on ne nous
surveille. (*Elle écrit.*) Que lui écrivez-vous ?

(*Pendant cette phrase Ibrahin vient doucement.*)

Avec quelle rapidité... Que les femmes sont bonnes, sont ai-
mantes dans l'adversité !.. ce sont des démons, quand nous sommes
heureux ; ce sont des anges quand nous sommes dans l'infortune.

ZÉNIDE.

Tiens, donne vîte. (*Ibrahim s'empare du billet.*)

SCENE XI.

Les Mêmes, IBRAHIM.

IBRAHIM.

Qu'est-ce que ce billet ?

ORCAN , *a part.*

De l'audace. (*Haut.*) je voulois savoir les secrets de cet enfant,
et déjouer ses projets, s'ils étoient contraires à mon devoir.

ZÉNIDE, *à part*

Qu'entends-je ? Il me trahit !

IBRAHIM.

Ce billet est pour Achmet.

ORCAN.

Pour Achmet !

IBRAHIM.

Lisons... Que vois-je ? C'est une femme !

ORCAN.

Une femme !

ZÉNIDE.

Tout est perdu.

ORCAN.

On vient. La garde est sous les armes.

IBRAHIM.

C'est la Sultane, et je n'ai pu la rencontrer pour la prévenir.

SCENE XII.

Les Mêmes, ZULIMA.

ZULIMA.

Jeune homme, éloignez-vous ? (*Elle monte sur le rempart.*)
Est-ce ainsi que vous servez ma cause ? Quoi ! le Sultan vient
visiter ces lieux, et vous souffrez qu'Achmet se présente à sa vue !
que par ses discours il attendrisse Amurat, et porte dans son âme
le sentiment d'un intérêt aussi vif que tendre. Oui, à son retour au
palais, j'ai surpris le Sultan dans une rêverie dont il n'a pu me
taire le motif. J'ai vu, m'a-t-il dit, parmi ces rebelles de Natolie,

un jeune homme dont la noble audace, dont le grand caractère m'ont étonné, m'ont entraîné à une admiration involontaire. S'il est coupable, le crime a donc tous les attraits de l'innocence. Je vais le juger moi-même, et c'est de moi qu'il apprendra la nouvelle de sa grâce ou l'arrêt de sa mort. = A ces mots, je n'ai pu me défendre d'un mouvement de frayeur. Le Sultan le prit pour cette secrète inquiétude qu'on éprouve en faveur de l'innocence, et sur-le-champ il se fit remettre tous les papiers qui pouvoient accuser Achmet. Je crains, s'il le trouve innocent, qu'il ne vienne lui-même le délivrer, puisqu'il doit continuer la visite de ces prisons, et vous voyez à quel danger vous m'avez exposée... Quel parti prendre maintenant ?... Il ne nous reste d'autre moyen que de faire sortir, sans le perdre de vue, Achmet de cette enceinte, et de l'accuser ensuite d'une criminelle évasion... Orcan, c'est vous que je charge de ce soin.

ORCAN.

Moi, Madame, le bacha de Natolie m'a dit que je répondois d'Achmet sur ma tête.

ZULIMA.

Ibrahim !

IBRAHIM.

Madame, si j'ai fait une faute en faisant voir Achmet au Sultan... voici un billet qui répare tout.

ZULIMA.

Qui a écrit ce billet ?

IBRAHIM.

Cette femme.

ZULIMA.

Une femme, sous les habits... Quelle est-elle ?

IBRAHIM.

L'épouse d'Achmet.

ZULIMA.

Se pourroit il... Voyons. (*après avoir lu.*) Ah ! l'espoir renaît dans mon âme... Quelle que soit la disposition d'Amurat en faveur d'Achmet, le billet me répond de sa vengeance. (*Coups de canon.*)

ZULIMA, à Ibrahim.

Voici le Sultan... Vous lui remettrez vous-même cette lettre.

ZÉNIDE, à part.

Ma lettre ! ô ciel !

ORCAN, bas a Zénide.

Qu'avez-vous donc écrit ?

ZÉNIDE, a part.

Plus d'espoir.

SCENE XIII.

Les Mêmes, AMURAT, Gardes.

AMURAT.

Vous ici, Madame ?

ZULIMA.

Vous venez y faire des actes de justice, de clémence, Seigneur, et j'aime à vous voir, surtout dans les lieux où l'on bénit votre auguste personne, où l'on dépose à vos pieds tous les hommages d'une vive reconnoissance et de l'amour le plus sincère.

AMURAT.

Votre présence ne peut qu'ajouter au mérite de l'action que je vais faire. Que l'on amène Achmet devant moi !

ORCAN *a Ibrahim.*

Allez, Ibrahim, donnez-moi la lettre, je la remettrai.

IBRAHIM.

Non, non, va toi-même.

ZÉNIDE, *a part.*

O mon époux ! serois-je donc la cause de ta perte !

SCENE XIV.

Les Mêmes, ACHMET.

ORCAN.

Le voici, Seigneur.

AMURAT.

Achmet, je me suis informé de votre conduite, j'ai reconnu que vous étiez étranger à la conjuration de mon perfide bacha, je vous rends donc votre liberté, et je vous donne un grade parmi mes janissaires.

ACHMET.

Seigneur !

ZÉNIDE.

Permettez que je me prosterne devant le libérateur de mon époux.

AMURAT.

De votre époux !

ACHMET.

Seigneur, pardonnez-lui un déguisement.

AMURAT.

Que les lois punissent de mort.

ACHMET.

Qu'elle n'a pris que pour être auprès de moi.

AMURAT.

On ne doit jamais oublier que dans mes états, toutes femmes

qui manquent aux usages prescrits par mes lois, n'a aucun pardon à espérer.

ZULIMA.

Seigneur, c'étoit une épouse au désespoir.

IBRAHIM.

Si elle n'avoit que ce crime à expier ; mais, Seigneur, daignez lire ce billet qu'elle écrivoit à Achmet.

ORCAN, ZÉNIDE, ACHMET, *à part.*

O ciel !

ZULIMA, *a part.*

Je respire.

AMURAT, *lit.*

« Cher Achmet, n'espère rien du Sultan ; son arrêt sera la
» mort ; ne compte pas sur sa justice ; son seul plaisir est de
» trouver des coupables ; si tu veux conserver ta vie, il faut fuir
» et t'embarrasser peu qu'on te croye innocent ou criminel ; j'ai
» examiné ces lieux ; ils peuvent faciliter notre évasion ; à la
» douzième heure de la nuit, nous serons affranchis du plus
» horrible esclavage : et en sortant de notre patrie, nous serons à
» l'abri de la tyrannie d'Amurat. »

ACHMET.

Seigneur, pardonnez au délire de l'amour...

AMURAY.

Malgré ma tyrannie, je ne te punirai point du crime de ton épouse ; je te conserve même les faveurs que je t'avois promises, mais j'ordonne que cette femme soit livrée aux juges que j'ai institués pour le délit dont elle est coupable.

ACHMET.

Eh bien ! je refuse ma liberté, vos faveurs, je m'avoue son complice, et périrai avec elle.

AMURAT.

Prends garde, Achmet, d'exciter ma juste indignation.

ACHMET.

Je ne crains rien que le malheur de Zénide, et pour l'adoucir je veux le partager.

ZÉNIDE.

Achmet !

ORCAN *à part.*

Que faites-vous ?

AMURAT.

Tu l'espères en vain, tu n'es point coupable, et ton dévouement...

ACHMET.

Sultan ! pardonnez-vous à mon épouse ?

AMURAT.

Non.

TOUS.

Seigneur ! . . .

AMURAT.

Non.

ACHMET.

Eh bien ! punissez aussi son complice. . . c'est moi qui lui ai
conseillé de prendre ce déguisement ; c'est de moi qu'elle tient
l'idée de fuir ; c'est mon opinion sur vous, ce sont mes sentimens
qu'elle exprime dans la lettre que vous tenez entre vos mains. . .
Si elle vous dit injuste, c'est d'après moi ; si elle vous nomme
tyran, c'est le nom que ma bouche vous donne sans cesse. Eh bien !
suis-je coupable à présent, et le même coup ne doit-il pas nous
frapper.

AMURAT.

C'en est trop.

ZULIMA.

Ne voyez dans cette accusation, Seigneur, qu'un aveugle transport.

AMURAT.

Ingrat ! c'est ainsi que tu reconnois mes bontés.

ACHMET.

Vos bontés ! quand vous condamnez mon épouse.

AMURAT.

Eh bien ! tu périras avec elle.

TOUS.

Seigneur ! . . . .

AMURAT.

Tes outrages envers ton souverain seront punis de la manière la
plus éclatante.

ZÉNIDE.

Ah !

AMURAT.

Et j'apprendrai à ceux qui, comme toi, oublient jusqu'au respect dû à la majesté du trône, que sans être tyran, on peut
mettre dans le néant ces esprits exaspérés, ces cœurs foibles qui
ne connoissent rien que le triomphe de leurs passions. Ibrahim,
qu'Achmet soit enfermé plus étroitement que jamais, que son
épouse soit conduite devant ses juges ; et dans une heure, tous
deux connoîtront le pouvoir d'un tyran tel qu'Amurat.

ZULIMA, *a part.*

Je triomphe ! . . . ô mon fils, ton règne est assuré.

TABLEAU.

Fin du second acte.

ACTE TROISIÈME.

SCENE PREMIERE.

ZULIMA.

Oui, Ibrahim, c'est l'inquiétude la plus vive qui me ramène en ces lieux. Voici l'instant de signaler votre zèle pour moi, et de mériter les brillantes récompenses que je vous ai promises.

IBRAHIM.

Que craignez-vous encore, Madame ?

ZULIMA.

Achmet s'est rendu volontairement coupable pour suivre son épouse dans la tombe; mais le Sultan hésite encore à le punir. Étonné d'un tel dévouement, il l'admire malgré lui, et paroît disposé à la clémence. Vous prévoyez tous les maux que me prépare une résolution si contraire à mes intérêts. Je peux perdre en un instant le fruit de vingt années d'ambition et la grandeur qui m'environne.

IBRAHIM.

Si vous aviez voulu me croire, depuis long-tems vous seriez sans inquiétude.

ZULIMA.

N'est-il pas un moyen de prévenir ce malheur ?

IBRAHIM.

Sans-doute, mais comment l'exécuter sans s'exposer à la colère du Sultan.

ALI.

Il en est un... pardon... si j'osais...

ZULIMA.

Approche.

ALI.

Il en est un dont Madame nous a donné l'idée ; il me paroît infaillible, mais il exige de l'adresse et ne doit souffrir aucun délai.

ZULIMA.

Le moyen le plus prompt est celui qui convient le mieux à ma situation. Parle.

ALI.

Le jour touche à son déclin. L'irrésolution du Sultan me fait présumer qu'il ne prononcera que demain le jugement d'Achmet. Si vous voulez vous en rapporter à moi, avant le lever de l'aurore, les prisonniers auront cessé de vivre, et l'on ne pourra nous blâmer de leur avoir donné la mort.

ZULIMA *avec impatience.*

Explique-toi.

ALI.

Voici mon plan : les malheureux écoutent volontiers ceux qui paroissent les plaindre. En conséquence, nous affecterons pour Achmet et Zénide, une compassion dont ils seront dupes. Sous prétexte d'adoucir l'amertume de leurs derniers momens, nous leur donnerons une apparence de liberté. Leur premiere pensée sera de nous demander la permission d'avoir encore un moment d'entretien : nous consentirons à cette entrevue. Une fois réunis dans ces lieux, sans gardes et sans témoins, leurs regards se tourneront vers le bateau dont Zénide a déjà voulu se servir pour fuir avec son époux. A cette vue, ils céderont de nouveau à la tentation de s'affranchir du sort qui les menace ; mais des hommes apostés les surveilleront sans qu'ils s'en doutent, et au moment où ils se croiront sauvés, le feu des remparts nous en délivrera pour jamais.

ZULIMA.

J'adopte ce plan ; qu'il soit exécuté, je réponds de tous les évènemens qui le suivront ; si vous étiez accusés, je me charge de votre salut... Je retourne près d'Amurat ; je vais faire un dernier effort pour réveiller en lui cette énergie qu'un avis secret de la nature semble avoir éteinte dans son ame ; mais sans attendre sa résolution, dressez le piège et faites y tomber Achmet. (*Elle sort*)

SCENE II.

IBRAHIM, ALI.

IBRAHIM.

Ta fortune est faite, mon cher Ali, Zulima te récompensera généreusement du service que tu vas lui rendre.

ALI.

Ne perdons pas de vue mon projet : on va savoir que la Sultane est venue en ces lieux ; il faut répandre mystérieusement, parmi les surveillans de cette prison, le bruit de la condamnation d'Achmet ; vous aurez soin que la nouvelle de sa mort prochaine parvienne indirectement jusqu'aux oreilles de Zénide. Alors je me charge du reste, et je veux qu'en tombant dans le piège, elle entraîne son époux avec elle... J'apperçois Nadir, voilà l'homme qu'il e faut. Laissez-nous ensemble, je vais, sans qu'il soupçonne ma use, l'amener à servir notre projet.

Achmet.   7

SCENE III.

Les mêmes NADIR.

NADIR, *d'un air tout contrit.*

Seigneur, l'infortunée Zénide vous prie de lui accorder un moment d'entretien.

IBRAHIM.

Je vais la voir.

ALI, *bas a Ibrahim.*

Accordez-lui tout ce qu'elle vous demandera.

IBRAHIM.

Que dit-elle en ce moment?

NADIR, *avec une sensibilité niaise.*

Après avoir repris les habillemens de son sexe, elle est restée au milieu de vos femmes, dans un abattement qui vous feroit pitié; elle m'a fait appeler pour me charger de la commission dont je m'acquitte en cet instant. Je l'ai entrevue, Seigneur, pardonnez à ma curiosité; mais c'est un mouvement dont je n'ai pu me défendre; elle étoit beau en homme; mais qu'elle est belle en femme! elle m'a parlé avec une émotion si touchante, une voix si douce, qu'elle a tiré des larmes de tous les yeux, et qu'elle m'a fait pleurer comme une bête. (*Il pleure.*) J'en suis encore tout attendri. D'honneur! si elle étoit ma femme, je ne sais ce que je ne ferois pas pour... Hi! hi! hi! (*Il s'essuye les yeux.*)

ALI, *affectant de la sensibilité.*

Ce pauvre Nadir! dans quel état il est, vraiment il me touche.

NADIR,

Je pleure pour dégrossir mon cœur, car il étoit si gonflé...

IBRAHIM.

C'est assez, ta ridicule sensibilité... je vais trouver Zénide et tâcher de la consoler.

NADIR.

Ayez cette pitié pour elle, le ciel vous en recompensera.

SCENE IV.

ALI, NADIR.

ALI, *affectant de la franchise et de la joie.*

Tu ne t'imagines pas le plaisir que tu m'as fait, mon cher Nadir; je ne te croiois pas si sensible. As-tu remarqué comme Ibrahim étoit ému? je suis sûr que ton rapport va beaucoup contribuer à adoucir la situation des prisonniers.

NADIR *l'observant.*

Tu crois?

ALI.

J'en ai un pressentiment qui équivaut pour ainsi dire à une certitude.

NADIR.

Je le voudrois quand ce ne seroit que pour te faire enrager.

ALI.

Enrager ! moi ? tu me connois bien mal : quel cœur peut s'applaudir du malheur de son semblable ?

NADIR *le regardant avec malice.*

Le bon sournois que tu fais. Tiens Ali, tu es plus malin que moi, mais tu ne m'en feras pas accroire ; je me rappelle très-bien ce que tu me disois encore ce matin…Tu es méchant par intérêt ; c'est par intérêt que tu tourmentes les pauvres prisonniers.

ALI.

Point ! c'est toi qui en es cause.

NADIR.

Moi ! en voilà une bonne !

ALI.

Oui, toi…J'ai pensé jusqu'à présent que tu n'avois de bête que la figure.

NADIR.

Ce n'est pas assez peut être ?.

ALI.

Que tu faisois l'imbécille pour m'épier, me prendre en défaut, et rendre compte à Ibrahim des confidences que j'aurois pu te faire.

NADIR.

Moi, faire l'imbécille ! quelle idée ! ô mon dieu, non, ce que je parois, tu peux me croire, je le suis tout naturellement, et je ne me donne pas de peine pour cela.

ALI.

C'est au point que désespérant de trouver un ami dans le seul camarade que je pusse avoir, et fatigué de vivre comme un sauvage, j'étois résolu à m'évader de ces lieux, sans prendre congé de personne.

NADIR.

Oh ! par exemple ! cela seroit difficile, on ne sort pas d'ici comme on veut.

ALI.

Je le sais bien ; mais malgré toutes ces sentinelles, je n'aurois pas moins réussi.

NADIR.

Vraiment ! comment donc ?

ALI.

Comment ?..c'est .mais non, tu le dirois à Orcan.

NADIR.

A Orcan ? rassure-toi, je ne l'aime pas assez pour lui faire une pareille confidence ; je le crois encore plus méchant que toi.

ALI.

Je voudrois qu'il fût à tous les diables.

NADIR.

Vrai ! tu vas donc m'apprendre ?..

ALI.

Regarde ce bateau couvert en forme de Kiosque placé auprès de cette grille.

NADIR.

Je le vois.

ALI.

C'est celui dans lequel Ibrahim va quelquefois se promener sur le canal.

NADIR.

Après.

ALI.

La chaîne qui le retient se termine par un crochet qu'il est facile de détacher.

NADIR.

De détacher ? bon !

ALI.

Tu sais tout, motus au moins.

NADIR.

C'est là ce grand mystère ?

ALI.

Personne n'ignore que ce bateau appartient au Gouverneur de la prison ; celui qui le conduit a la liberté de voguer sur le canal, sans être soumis à la visite des inspecteurs, et tu penses bien qu'un homme déterminé qui voudroit s'échapper de ces lieux.

NADIR.

Il auroit beau jeu, ma foi, en détachant ce bateau. C'est dommage qu'on n'y laisse pas venir les prisonniers.

ALI, *a part.*

Je le tiens. (*haut, d'un air ému.*) Quand ils y passent, tu sais où on les conduit.

NADIR.

Ne m'en parle pas... Je n'y pense jamais sans frémir.

ALI, *lui indiquant le pavillon.*

On les mène là dans le lieu de leur exécution ; c'est dans un chemin de fleurs, au milieu d'un cortège bruyant qu'ils passent de la vie au tombeau. J'en ai déjà vu beaucoup se promener dans ce jardin, y recevoir des hommages, sans se douter du sort qui les attendoit. (*jouant la tristesse.*) Eh bien ! mon ami, pas un seul n'en est revenu... Des maudits muets venoient les saisir, les entraînoient dans cet endroit fatal, et un quart-d'heure après.... c'étoit fini....

NADIR, *pleurant a moitié.*

C'étoit fini !... ah ! ce que c'est que de nous !

ALI.

Aussi, quand j'aperçois un prisonnier dans ce jardin, je n'y tiens pas.... je me retire.

NADIR.

Puisque le sort d'Achmet et de Zéuide te fait autant de peine, pourquoi ne pas leur indiquer ce moyen de prendre la fuite?

ALI.

Tu as raison. Cela se pourroit d'autant mieux qu'ils ne sont plus ici sous notre surveillance, et que nous serions à l'abri de tout reproche, s'ils s'évadoient. Que je m'en veux de n'avoir pas eu cette idée là plutôt?

NADIR.

Elle te servira pour l'avenir.... Mais on vient... c'est Zénide... Ibrahim se sera laissé attendrir.... Je vais lui faire part de notre projet.

ALI, *a part.*

Tout va bien jusqu'à présent. Achevons notre ouvrage.

SCENE V.

Les Mêmes, ZÉNIDE.

(Ali et Nadir se retirent derrière Zénide.)

ZÉNIDE, *accablée par la douleur, et marchant lentement. Elle se croit seule.*

Tous les cœurs ne sont donc pas fermés à la pitié, puisque Ibrahim adoucit ma captivité! Hélas! c'est peut être pour la dernière fois que je vais jouir des embrassemens de mon époux!

NADIR.

Elle me brise le cœur!

ZÉNIDE.

Que cet Orcan est faux, méchant!.. eut on jamais pensé que ce traître feignoit de partager ma peine, pour enfoncer plus sûrement dans mon cœur le trait qui le déchire? Le lâche! après avoir été le témoin de ce que j'ai fait pour sa sœur!

ALI, *a part.*

Ils se connoissent!

ZÉNIDE.

Après m'avoir juré un dévouement absolu!

ALI, *a part.*

L'heureuse découverte!

ZÉNIDE.

Feindre pour moi une compassion qu'il n'éprouvoit pas! Partager la joie de mes tyrans, lorsque cette lettre fatale a été remise au sultan!

ALI, *bas a Nadir.*

Avançons.... Madame!..

ZÉNIDE.

Que vois-je?

ALI, *d'un air hypocrite.*

Vos soupçons ne sont que trop fondés, Madame. Orcan vous trahit.

ZENIDE, *avec effroi.*

Vous m'écoutiez ?..

NADIR.

Oui, Madame.

ALI.

Nous maudissons avec vous cet Orcan, qui a si cruellement abusé de votre crédulité.

ZENIDE.

Vous, Ali ! ce langage m'étonne dans votre bouche.

ALI.

Il étonnera tous ceux qui seront trompés par les apparences grossières que mon état m'oblige de prendre ; mais mon camarade et moi nous savons compâtir, autant qu'il est possible, aux maux des prisonniers, quand nous n'avons pas derrière nous des espions qui trafiquent sans pitié du sang des hommes, pour se faire valoir aux yeux de leurs assassins.

ZENIDE.

Si vous ne profanez pas le langage auguste de la vérité, prouvez-le moi, en m'informant du sort de mon époux.

ALI.

Il existe, Madame ; et n'est pas loin de vous.

ZENIDE.

Si j'osois vous prier...

NADIR.

De vous l'amener ici ?..

ZÉNIDE.

Oui.

ALI.

Demandez-nous tout ce qui ne sera pas contraire aux ordres que nous avons reçus, vous verrez notre empressement à vous servir... mais la défense d'Ibrahim est si positive...

ZÉNIDE.

A quoi donc me sert votre stérile pitié, si vous ne pouvez exaucer le vœu le plus cher à mon cœur !

ALI.

Cependant ne vous désespérez pas encore. Je vais trouver Ibrahim. La liberté qu'il vous laisse est une preuve que vous l'avez intéressé ; je solliciterai de lui la grace que vous implorez, et si j'ai le bonheur de l'obtenir, je me hâterai de vous en informer.

ZÉNIDE.

Allez. Je respire.

ALI.

J'y vole. Puissé-je être assez heureux pour vous procurer cette légère consolation !

ZÉNIDE.

J'attendrai votre retour avec impatience.

ALI. *Il fait signe a Nadir de rester et dit en sortant :*
Courage, Nadir !

SCENE VI.

ZÉNIDE, NADIR.

ZÉNIDE.

Laisse-moi seule, Nadir.

NADIR.

Vous laisser seule ici?

ZÉNIDE.

Qu'ai-je à craindre?

NADIR.

Vous ne songez donc pas où vous êtes?

ZÉNIDE.

Que veux-tu dire?

NADIR.

Ce jardin délicieux dont la vue plaît tant à l'œil...

ZÉNIDE.

Eh bien !...

NADIR.

Il cache sous les fleurs des serpens. Quand je dis des serpens, ce ne sont pas de ces vilains reptiles qui rampent sur la terre; mais des hommes qui ne parlent pas plus que des bêtes féroces, et qui vous expédient pour l'autre monde avec une dextérité...

ZÉNIDE.

O ciel!

NADIR.

Vous voyez bien ce pavillon isolé, dont la forme élégante semble offrir un asyle contre les ardeurs du soleil; c'est le séjour de la mort; on y entre au milieu des fêtes, mais malheur à ceux qu'on y conduit!

ZÉNIDE.

Quelle image effroyable !

NADIR.

Si j'osois vous dire encore quelque chose...

ZÉNIDE.

Garde tes affreuses confidences, elles portent le désespoir dans mon ame.

NADIR.

Celle-ci est d'un genre plus aimable, et je crois que vous ne seriez pas fâchée de l'entendre; mais, avant de vous la faire, il faudroit me promettre une discrétion à toute épreuve.

ZÉNIDE.

Dans quelle intention me tiens-tu ce langage?

NADIR.

Je n'en ai pas d'autre que celle de vous servir. (*Il regarde autour de lui.*) Personne ne nous espionne ; écoutez. (*Il lui indique le bâtiment isolé.*) Là le deuil et la mort ; (*il lui montre la grille.*) ici l'espoir et le salut.

ZÉNIDE, regardant.

Là ? en effet, je reconnois cette grille et ce bâtiment, on les aperçoit du phare où je suis monté ce matin.

NADIR.

Vous les voyez, tâchez de deviner le reste, je n'ai plus rien à vous dire.

ZÉNIDE.

Un moment, pardonne à ma défiance, elle est bien pardonnable, après l'horrible perfidie dont Orcan m'a rendue la victime.

NADIR.

Ah ! sans vanité, je vaux mieux que ce miserable Orcan.

ZÉNIDE.

Parle-moi à cœur ouvert ; cette proposition vient-elle de toi seul ?

NADIR.

De moi seul.

ZÉNIDE.

Tu ne l'as communiquée à personne ?

NADIR.

Si quelqu'un y avoit pensé, le bateau seroit il resté là ?

ZÉNIDE.

Et tu crois qu'on pourroit s'en servir sans danger ?

NADIR.

Sans danger ! c'est autre chose ; mais avec de la hardiesse...

ZÉNIDE.

Et la clef de cette grille ?

NADIR.

Elle est chez Ibrahim... Je trouverai le moyen de vous la procurer... vous vous élancerez dans la barque ; et zeste, vogue la galère.

ZÉNIDE.

J'entends quelqu'un ! c'est Ali ; mon époux l'accompagne. O Dieu ! me deviendras-tu favorable ?

SCENE VII.

Les Précédens, ACHMET, ALI.

ACHMET.

Plus d'espoir, ma Zénide, nos ennemis triomphent ; l'arrêt fatal est prononcé, et la mort est notre partage.

ZÉNIDE.

La mort ! d'où sais-tu cette funeste nouvelle ?

ACHMET.

Je l'ai entendu de la bouche de plusieurs esclaves, ils se le disoient entre eux avec un mystère et un air de tristesse qui attestoient leur pitié ; je les ai interrogés ; l'embarras de leur contenance, de leurs réponses, n'ont que trop confirmé mes douloureux pressentimens.

ALI, *à part.*

Le voilà tel que je te voulois.

ACHMET.

Infâmes délateurs, vous allez recueillir le fruit de vos impostures.

ZÉNIDE.

Ali, détruis ou confirme nos sinistres soupçons.

ALI.

Moi, Madame, hélas !.... (*a part*) portons adroitement la terreur dans leur âme.

ACHMET.

Eh bien !....

ZÉNIDE.

Achevez...

ALI.

Dispensez-moi de faire un recit qui détruiroit toutes vos espérances.

ZÉNIDE, *pleurant.*

Dieu de Mahomet ! Il ne faut donc plus douter.

ALI.

C'est à la perfidie d'Orcan que vous devez la sévérité et la précipitation de l'arrêt qui vous condamne.

ZÉNIDE.

Le monstre !

ALI, *à Achmet.*

Ibrahim, en apprenant votre sort, n'a pas cru devoir troubler vos derniers momens par une rigueur que l'humanité repousse ; en me permettant de vous réunir, il m'a prescrit de vous laisser en ces lieux aussi long-temps que vous le désireriez. C'est la dernière faveur qu'il soit en son pouvoir de vous accorder... Adieu !... infortunés époux. Suis-moi, Nadir.

(Il laisse Zénide et Achmet absorbés par la douleur ; il montre la grille à Nadir, en ayant l'air de dire qu'ils peuvent fuir par là.)

NADIR, *bas en sortant.*

Je ne sais ce qu'il en arrivera ; mais j'ai tout dit à Zénide.

ALI, *à Nadir.*

Tu as bien fait. (*a part.*) Allons profiter de son avis, et disposons notre monde. (*Il sort.*)

-Achmet

SCENE VIII.

ZÉNIDE, ACHMET.

ZÉNIDE.

Écoute-moi, Achmet, ce n'est point par des larmes stériles qu'il faut signaler nos derniers momens. Orcan n'est pas ici, nous n'avons plus de trahison à redouter, usons courageusement du peu de liberté que nos tyrans nous laissent.

ACHMET.

Quel transport t'anime ?

ZÉNIDE.

Cette grille, ce bateau, la nuit qui approche, l'éloignement de nos gardiens, tout semble nous favoriser. Veux-tu suivre mon exemple ? Dans un quart-d'heure nous serons librés, ou ces eaux nous auront engloutis.

ACHMET.

Je n'hésite plus. Ne laissons pas à nos vils meurtriers la satisfaction de répandre notre sang. Viens, fuyons.

(Pantomime courte et pleine de chaleur; les deux époux s'embrassent et marchent rapidement vers la grille.)

SCENE IX.

Les Mêmes, ORCAN *entre précipitamment*.

Insensés ! qu'allez-vous faire ?

ACHMET,

Fuir nos persécuteurs et braver la mort qui nous attend.

ORCAN.

Malheureux vous y courez !

ZÉNIDE.

Retire-toi, ta perfidie nous est connue : on ne fait pas tomber deux fois dans le même piège les infortunés qu'on a déjà trahis.

ORCAN.

Moi! vous trahir ! devez-vous le penser ! Moi, qui viens de plaider votre cause auprès de l'Aga des Janissaires, avec toute la chaleur qu'inspire la reconnoissance et l'amitié.

ACHMET.

Vain détour, pour nous faire perdre un temps précieux et donner à nos ennemis celui de consommer leur crime Laisse-nous!; si tu n'es pas le plus scélérat des hommes, tu ne t'opposeras pas à notre fuite.

ORCAN.

Écoutez-moi. L'Aga des Janissaires, instruit par moi du péril imminent qui vous menace, voudroit pouvoir rompre enfin le silence, et communiquer à son maître les doutes qu'il a sur vôtre naissance

ACHMET.

Ma naissance!..

ORCAN.

Elle est grande ; elle est illustre !

ZÉNIDE à *Orcan.*

Que dis-tu ?

ORCAN.

Apprenez qu'il vous regarde comme le fils d'Amurat.

ZÉNIDE.

Le fils d'Amurat !

ORCAN.

Oui le fils d'Amurat ; ce fils insjustement proscrit par son père, et par la plus jalouse, la plus ambitieuse des femmes.

ZÉNIDE.

C'est donc à la Sultane que nous devons tous nos malheurs.

ACHMET.

Moi! fils d'Amurat! Inutile imposture.

ORCAN.

Je ne répondrai pas à vos outrages ; l'intérêt de votre salut parle plus fort à mon cœur que mon orgueil offensé ; vous me rendrez plus de justice après l'évènement ; mais au nom du ciel, daignez m'entendre: l'Aga des Janissaires, alarmé de votre situation, a formé un projet qu'il ne m'a pas communiqué, mais qui doit, m'at-il dit, assurer votre triomphe et la perte de vos ennemis.

ACHMET.

Eh bien, si tu ne m'en impose pas, facilite-moi les moyens de sortir de ces lieux ; j'irai jusqu'au pied du trône, je tomberai aux genoux d'Amurat ; il entendra la voix de son fils, et la nature reprendra peut-être ses droits dans son cœur trop long-tems égaré par une passion funeste.

ORCAN.

Renoncez à ce projet ! il est connu de vos ennemis, et le premier pas que vous feriez vers la liberté, seroit le signal de votre mort.

ACHMET.

Ah! que m'importe! de tous côtés je ne vois que son image hideuse. J'aime mieux la rencontrer en la bravant, que de la subir comme un vil esclave. Viens, Zénide.

(*Zénide le suit vers le fond du Théâtre ; Orcan veut les empêcher de sortir*)

ORCAN.

Non, vous n'exécuterez pas une si téméraire entreprise.

ZÉNIDE.

Aurois-tu la barbarie de t'y opposer.

ORCAN.

Oui, Madame, je ne peux de sang-froid vous voir courir à votre perte.

ACHMET.

Laisse-nous.

ORCAN.

Holà ! gardes.

ACHMET.

Misérable !

ORCAN.

Je vous sauverai malgré vous-mêmes.

SCENE X.

Les Mêmes, IBRAHIM, ALI, NADIR, Gardes.

ORCAN.

J'ai surpris tes prisonniers méditant un projet d'évasion , et j'ai
cru que le meilleur moyen d'en empêcher la réussite étoit d'appeler à mon secours. Vous m'avez entendu, faites votre devoir.

TABLEAU.

(Chaque personnage doit faire une pantomime analogue aux sentimens qu'il
éprouve.)

ALI, *à part.*

Nous nous serions bien passé de sa maudite surveil'ance.

ORCAN.

Si vous m'en croyez, vous les resserrez plus étroitement que
jamais pour ne plus compromettre la responsabilité qui pèse sur
vos têtes.

ALI, *à part.*

Ce diable d'homme est toujours là pour déranger nos projets.

IBRAHIM.

Est-il vrai, Achmet, que vous vouliez à ce point abuser de ma
confiance et de ma bonté.

ACHMET.

Si le criminel brise quelquefois ses fers , c'est pour se soustraire
au châtiment qu'il mérite : si l'honnête homme, proscrit et ca-
lomnié, cherche à rompre les siens , c'est moins pour éviter la
mort , que pour aller au pied du trône solliciter la justice de son
souverain. Telle étoit mon intention ; je l'eusse exécutée si ce
traître n'y avoit point mis obstacle.

ALI, *à part.*

Quel dommage ! tout étoit si bien disposé !

IBRAHIM.

Ainsi, vous convenez de votre faute. Imprudent jeune homme !
savez-vous à quoi vous expose la tentative que vous avez faite.

ACHMET.

A accélérer de quelques instans l'heure fatale qui va bientôt
sonner pour nous.

IBRAHIM.

Gardes !

ZÉNIDE.

Qu'allez-vous ordonner, Seigneur ?

IBRAHIM.

Sa réclusion et la vôtre.

ACHMET.

Barbare !

ORCAN, *à part.*

Ils sont sauvés. Retournons vers l'Aga des Janissaires pour m'instruire du plan qu'il a formé. (*Il sort.*)

ZÉNIDE.

Seigneur ! Cédez encore à la voix de l'humanité.

IBRAHIM.

Cachez-moi ces pleurs, Madame, vous venez de m'apprendre à me défier de leur puissance en abusant de ma foiblesse. Maintenant je dois être inflexible.

(On entend le son du beffroi.)

ACHMET.

Qu'entends-je ?

IBRAHIM.

Ce bruit annonce l'arrivée d'un ordre émané du trône. Attendez l'un et l'autre le destin qui vous est réservé.

ZÉNIDE.

Je me soutiens à peine.

IBRAHIM.

Qu'on les éloigne.

SCENE XI.

ZULIMA, IBRAHIM, ALI.

ZULIMA.

Eh bien, Ibrahim ! votre plan a-t-il réussi ?

IBRAHIM, *montrant Zénide et Achmet.*

Non, Madame.

(Zulima fait un mouvement d'indignation.)

IBRAHIM.

Nous allions frapper ; le zèle indiscret d'Orcan a déconcerté toutes nos mesures.

ZULIMA.

N'importe. Mon triomphe n'en est pas moins assuré : leur condamnation est prononcée. Voici l'ordre de leur supplice.... Ibrahim, rendez-vous auprès de mon fils, dont l'état est plus alarmant que jamais.

IBRAHIM.

Je vais remplir vos ordres. Les voici. (*Il sort.*)

SCENE XII.

Les Précédens, ACHMET, Gardes.

ACHMET, *à part.*

Cherchons à lire dans ses yeux si je suis vraîment le fils d'Amurat. (*haut.*) Venez-vous, Madame, jouir de notre malheur, et voir couler notre sang ?

ZULIMA.

Pourquoi me soupçonnez-vous le dessein de goûter ce barbare plaisir ?

ACHMET.

Pourquoi ?.. descendez dans votre âme... Ne vous rappelez-vous plus votre avènement au trône ?... cet enfant, voué à la mort dès son berceau ; cet enfant que, dans votre rage, vous eussiez vous-même frappé, si l'horreur qu'inspiroit dans ce temps l'ordre affreux de son trépas, n'eût retenu votre main sanguinaire ?.. Ce mouvement, ce trouble vous trahit malgré vous....

ZULIMA.

Qu'osez-vous dire ?.. Avez-vous le droit ?...

ACHMET.

Si j'ai le droit ?.. Ce n'étoit pas assez d'avoir voulu dès son enfance égorger le fils d'Amurat....votre insatiable vengeance, votre cœur sans remords médite, demande et obtient encore aujourd'hui son supplice...

ZULIMA.

Je pardonne à l'excès de votre infortune.

ACHMET.

Oui ! l'excès de mon infortune est grand sans doute, puisque, si l'on ne m'a point trompé, cet Achmet, traité comme un rebelle, confondu parmi de vils scélérats, traîné de prisons en prisons, n'est autre que votre victime, que le fils d'Amurat.

ZULIMA.

Vous ?

ACHMET.

Oui, moi !... Suis-je assez malheureux ?... Privé, dès mon berceau, des embrassemens de mon père ; dans ma jeunesse, des honneurs qui m'étoient dus, j'aurai, par les calculs de votre horrible ambition, commencé ma vie sous les poignards des assassins, et fini ma carrière sous le glaive des bourreaux.... Eh bien ! serez-vous enfin satisfaite ?.. aurez-vous acheté par assez de crimes vos dignités et la couronne de votre fils ?.. Mais non ! le ciel me vengera... vous ne régnerez pas long-temps encore... votre héritier n'aura pas le sceptre des rois !... La mort qui, depuis son enfance, consume peu-à-peu ses jours, la mort juste vengeresse de mes maux, attend pour le frapper que les forfaits soient com-

blés, et, sur la première marche du trône, sa faulx tranchera
cette foible branche d'une tige corrompue...

ZULIMA.

Achmet!.. qui vous a dit qu'Amurat étoit votre père?

ACHMET.

Vous...., j'en doutois; mais cet embarras que vous n'avez pû
feindre...Cette fureur que vous n'avez pû cacher...Cette rage
qui vous dévore, tout me dit qu'on ne m'a point abusé.

ZULIMA.

A qui devez-vous cette confidence?

ACHMET.

Vous ne le saurez point.... Que cet homme généreux m'ait dit
la vérité, mes cris ne pourront parvenir jusqu'à mon père; qu'il
m'ait trompé, il m'a entraîné à vous faire de justes reproches; il
seroit donc de toutes manières la victime de son secret.... et sa
mort seroit la récompense de l'intérêt qu'il m'a témoigné.

ZULIMA.

Tout est découvert.... plus de pitié.

(Elle fait un signe, on entend le son du tamtam.)

SCÈNE XIII.

Les Précédens, deux Muets, Janissaires, ZÉNIDE.

ZÉNIDE, *avec effroi*

Quel son lugubre!

(On entend une musique gaie, entremêlée de coups de tamtam ou de cymballes.)

ACHMET.

Pourquoi ce cortège? serois-je reconnu pour le fils d'Amurat.

(Les Muets paroissent avec les Janissaires.)

ZÉNIDE.

Grand dieu! nous allons marcher au trépas.

(Des Muets traversent le théâtre, et entrent dans le pavillon.)

ACHMET..

Ces esclaves.

ZÉNIDE.

Ce sont nos bourreaux.

ACHMET.

Ces fleurs.

ZÉNIDE.

Cachent les instrumens de notre mort.

ACHMET.

Ces femmes, ces enfans.

ZÉNIDE,

Viennent nous abuser par de faux hommages.

ACHMET.

Embrasse-moi pour la dernière fois.

(Coup de cimballes ; le cortège défile ; les femmes entourent de fleurs les prisonniers ; on voit dans le pavillon les muets tenant le fatal cordon.)

SCENE XIV.

Les Précédens, ORCAN.

ORCAN, *entrant avec précipitation.*

Arrêtez, Madame, voici une lettre qu'on apporte à l'instant du palais habité par votre fils, et qu'on m'a chargé de vous remettre en toute diligence.

ZULIMA.

Donnez ! (*elle prend la lettre*) ; *a part* Ma main tremble malgré moi.

(Elle ouvre la lettre et la parcourt rapidement ; elle s'écrie avec une force concentrée.)

Grand Dieu ! mon fils n'est plus !

(Tous les Esclaves s'inclinent en levant les yeux au ciel.)

O douleurs ! J'ai tout perdu !

(Elle pousse de profonds soupirs ; tout le monde a les yeux fixés sur elle, avec l'intérêt de la crainte et de la curiosité ; elle est tout-à-fait sur l'avant-scène, et les interlocuteurs forment un circuit derrière elle.)

TABLEAU.

ZULIMA, *a part.*

Mon fils n'est plus. . . . honneurs que j'ai tant désirés, je vais vous perdre ! Ambition ! ta voix devient impuissante !.. affreuse destinée ! je n'ai plus le bonheur d'être mère ; et je vais reprendre ma place parmi ces esclaves auxquels je commandois. Bien loin qu'on partage mes peines, je verrai mille regards dédaigneux mesurer avec plaisir la distance du trône à l'esclavage. . . . Moi ! supporter cette humiliation, cet abaissement, ce triomphe de la haine et de la jalousie. . . Non. . . soyons maîtresse des impressions douloureuses de mon âme, et sachons résister aux coups de la fortune. Exécutons ce plan, que dans des jours plus heureux !.. Assurons notre règne... L'amour maternel lui-même m'en fait la loi. . . . Si je perds le trône, les cendres de mon fils seront profanées. Si je le conserve, il conservera sa place dans la tombe des Rois. . . Esclaves, retirez-vous. . .

A L I.

Quoi, Madame?...

ZULIMA.

Je suspends le supplice de ces deux infortunés.

ACHMET ET ZÉNIDE.

Seroit-il possible?

A L I.

Ne craignez-vous pas que le Sultan...

ORCAN à *Ali*.

Vil esclave! humilie-toi devant les ordres de ta souveraine, et obéis sans repliquer; que tout le monde se retire... Mais on vient; c'est Amurat... il paroit agité.

ZULIMA, *à part*.

Amurat! cachons-lui mon trouble, et maîtrisons ma douleur pour atteindre le but auquel je dois aspirer.

(Elle va au-devant d'Amurat avant qu'il paroisse.)

SCÈNE XV.

Les Précédens, AMURAT, IBRAHIM, Janissaires.

AMURAT.

Eh bien, a-t-on exécuté mes ordres?

ORCAN.

Non, mon maître.

AMURAT.

Qu'on m'obéisse.

ZULIMA.

Non... Amurat, ils ne périront pas.

AMURAT.

Vous les protégez, Madame?

ZULIMA.

C'est moi qui me suis opposée à leur supplice.

AMURAT.

Vous?

ZULIMA.

Avez-vous oublié, Amurat, que par jalousie, que par un excès d'amour qui m'entraîna trop loin, malgré moi, j'exigeai de vous le sacrifice de votre premier fils?

AMURAT.

Pourquoi me rappeler...

ZULIMA.

J'ai plus d'une fois gémi du mouvement impardonnable qui me fit abuser de votre tendresse pour moi; je croyois que j'en con-

Achmet   9

serverois un éternel remord; mais depuis quelques jours, j'ai appris que ce fruit de votre premier amour existoit encore.

AMURAT.

Que dites-vous?

ZULIMA.

Je l'ai cherché, et le hazard l'a offert à mes regards pour vous le présenter. C'est Achmet!

ZÉNIDE.

Grands dieux!

AMURAT.

Achmet! mon fils!

ACHMET.

Mon père!

ORCAN, *à part.*

Enfin elle l'a nommé.

ZULIMA.

Oui, le ciel dont il faut toujours bénir la puissance, l'a rendu à votre amour à l'instant même qu'il vous enlevoit votre fils.

AMURAT.

Votre fils n'est plus...

ZULIMA.

Hélas! Seigneur! mais sa perte sera moins douloureuse pour vous, puisque je vous fais retrouver votre héritier dans un homme qui, simple étranger, vous intéressoit déjà, et que vous n'avez condamné qu'à regret.

SCENE XV.

Les Mêmes, IBRAHIM.

IBRAHIM, *accourt et dit à Zulima.*

Madame, on vous a trompé, votre fils existe et l'on répond de sa vie.

ZULIMA.

Mon fils existe!

AMURAT.

Que m'avez-vous dit?

ZULIMA.

Quelle est donc cette lettre que vient de m'apporter Orcan...

ORCAN.

Madame, elle vous fut écrite par l'ordre de l'Aga des Janissaires.

AMURAT.

Dans quelle intention? Je l'ordonne, parlez Orcan, pourquoi cette ruse?

ORCAN.

Pour démasquer une femme, dont l'ambition passoit toutes les bornes; une femme, qui vouloit qu'un père plongeât une seconde fois le poignard dans le sein de son fils.

AMURAT.

Quelle est cette femme ?

ORCAN.

La Sultane.

AMURAT.

Zulima ?

ORCAN.

Oui, Seigneur, d'accord avec Ali et Ibrahim. Votre Aga étoit informé de la naissance d'Achmet ; mais n'ayant pas de preuves suffisantes, il a voulu que la Sultane découvrît ce secret important ; la fausse nouvelle de la mort de son fils, l'a fait se trahir, et dans l'espoir de conserver le trône, en vous rendant votre héritier légitime, elle s'est perdue elle-même, et a fait connoître ses criminels projets ; si elle n'eût pas cru son fils au tombeau, Achmet et Zénide y descendoient tous deux.

ZULIMA.

Je suis perdue !

AMURAT.

Madame, vous avez eu, dites-vous, des remords du sacrifice que vous aviez exigé, et vous avez voulu une seconde fois faire périr mon fils ! Quel sort avez-vous mérité ?

ZULIMA.

La mort !

AMURAT.

Non, mais la chûte la plus éclatante. Vous descendez à l'instant même du trône où ma faveur vous avoit placée. Soldats, emparez-vous de ces deux traitres.

(Il désigne Ibrahim et Ali.)

Zénide, vous êtes ma fille. Cher Achmet, en renaissant pour mon peuple et pour moi, donne à l'un tes vertus, et pardonne à ton père.

FIN.